Kirsten Reinhardt

Elvis Gursinski und der Grabstein ohne Namen

Kirsten Reinhardt wuchs in einem kleinen Ort in der Lüneburger Heide und in Yokohama auf. Wenn sie sich nicht gerade neue Geschichten ausdenkt, reist sie herum und liest Kindern aus ihren Büchern vor. Ihr Debüt wurde mit dem Oldenburger Kinder- und Jugendbuchpreis ausgezeichnet. Zusammen mit ihrer Familie lebt sie in Berlin-Wedding, ganz in der Nähe des Friedhofs von Elvis und Dalia ... Mehr unter www.kirstenreinhardt.de

Die Arbeit der Autorin an diesem Buch wurde vom Deutschen Literaturfonds e. V. gefördert.

MIX
Papier aus verantwortungsvollen Quellen
FSC
www.fsc.org
FSC® C089473

Klimaneutral
Papier
ClimatePartner.com/13732-1910-1001

Dieses Buch ist erhältlich als:
ISBN 978-3-407-75681-7 Print
ISBN 978-3-407-75682-4 EPUB

in der Verlagsgruppe Beltz · Weinheim Basel
Werderstraße 10, 69469 Weinheim

Das Zitat auf Seite 4 von Hans Tombrock stammt aus:
»Landstraße – Kunden – Vagabunden«, erschienen in der Zeitschrift
»Der Kunde« (Nr. 3/4, 1929)
Umschlaggestaltung und Illustrationen im Innenteil: Tine Schulz
Herstellung und Satz: Elisabeth Werner, Konstantina Thein
Druck und Bindung: Beltz Grafische Betriebe, Bad Langensalza
Beltz Grafische Betriebe ist ein klimaneutrales Unternehmen
(ID 15985-2104-100).
Printed in Germany
1 2 3 4 5 26 25 24 23 22

Weitere Informationen zu unseren Autor_innen und Titeln finden Sie unter: www.beltz.de

und der Grabstein ohne Namen

Mit Illustrationen von Tine Schulz

BELTZ
& Gelberg

»Im Märchen gibts Wunder. Sagen sie, die Menschen.
Wir aber wissen es besser – das Märchen ist das Leben,
und wer Ohren hat zu hören und Augen zu sehen und
ein Herz voller Liebe und eine mit Sehnsucht durchtränkte
Seele (…), für den ist das Märchen die Wirklichkeit.«

Hans Tombrock
Maler und Vagabund

Es treten auf ...

Lebende

Elvis Gelatin Erkin Gursinski
Mama (Peggy Gursinski)
Baba (Sedat Gursinski)
Dalia al Nour
Madame al Nour
Birol
Küçük

Tote

Elfriede Schumschill
Albert Odelfing zu Mottenstarr
Ladislaus Skappo
Gitti & Elo Benzin
Gegge Mustopf
Erwin Mihály
Bella Aral
Rambo Zibell
Hansi

Prolog
1956

Nacht ist es in Berlin und natürlich auch auf dem kleinen Friedhof im Stadtteil Wedding. Eine Herbstnacht, in der die Menschen traumerschreckt aufwachen, ihre Lichter anknipsen und sich etwas Warmes zubereiten. Apfelpunsch mit Sahne oder Zimttee. Nur vereinzelte Kneipengänger torkeln noch durch die Straßen. Der Wind reißt die letzten Blätter, die sich noch an ihre Zweige krallen, ab und wirbelt sie in den Himmel hinein. Da erscheint ein Mann auf dem Friedhof. Hager und gebeugt müht er sich voran. Humpelige, schwere Schritte. Er trägt etwas in seinen Armen. Es scheint schwer, denn er kommt nur langsam voran. Unter einer kahlen Eiche hält er inne und lässt seine Last zu Boden gleiten. Sie verschmilzt sogleich mit der Dunkelheit. Der Mann richtet sich auf. Er fährt mit dem Arm über sein Gesicht. Dann steht er einfach nur da, still wie der Mond. Ein Käuzchen ruft. Der Mann fährt zusammen. Mit einem Schlag legt sich der Wind. Eigenartig ruhig ist es jetzt, kein Lüftchen regt sich mehr. Es ist, als ob alles auf dem Friedhof lausche. Der Mann blickt sich um. Er wird hektisch und zieht etwas aus einem Gebüsch. Ist es ein Ast? Eine … Schaufel? Schon steht er wieder aufrecht und schaufelt Erde von einem kleinen Hügel herunter. Schnell arbeitet er. Schnell und präzise. Mit großen Schaufelhieben. Schließlich taucht er mit dem Oberkörper in das Gebüsch und kommt mit vollen Armen wieder hervor. Der Mann lässt Laub auf die Stelle fallen, die er zugeschüttet hat. Dreimal lässt er Blätter regnen, Zweige und kleine Äste. Beim vierten Mal dauert das Auftauchen aus dem Gebüsch länger. Er müht sich ab, stöhnt. Was ist das? Der Mann rollt etwas über den Boden. Langsam, grollend, schwer. Ein Stein! Er rollt den Stein unter die Eiche. Dann hält er inne. Der Mann schwankt. Er kommt auf dem Stein zum Sitzen und verbirgt den Kopf in seinen Händen. Ein Schauer fließt durch seinen Leib. Er zittert. Ein seltsamer Laut dringt aus seiner Kehle. Ein Krächzen, ja, ein Krähen beinah. Dann steht er auf, schüttelt seine Glieder aus und stolpert langsam davon. Jetzt setzt der Wind wieder ein, stärker als zuvor. Er heult und pfeift, er fährt in die Krone der Eiche und lässt die Zweige zittern. Und trägt den Hut des Mannes davon. Der Hut trudelt über den Friedhof und verschwindet in der Nacht.

Mit voller alter-Damen-Wucht

An einem Mittwoch im Juli geht Elvis Gursinski die Turiner Straße hinunter. Er ist auf dem Weg zu Birol, einkaufen. Elvis guckt nach unten beim Gehen, ist besser. Falls man jemanden trifft. Die Haare hängen vor seinen Augen. Der Boden ist voll mit abgerissenen Zweigen, Blättern und zertretenen Sommerblüten. Ein glitschiges Gewirr. Es muss ganz schön gestürmt haben in der Nacht! Eigenartig kühl ist es auch. Elvis überquert die Nazarethkirchstraße, ohne zu gucken. Kommt eh nichts. Wenn Baba ihn sehen könnte, würde er laut aufschreien: »*Ach, deine vertrixte Verträumerei!*«, würde er klagen. »Die wird dich eines furchtbaren Tages umbringen! Oğlum, mein Sohn, mein Leben, mein Unglück! Du rennst vor einen Lieferwagen! Und was mache ich dann ohne dich? Das wird mein Tod sein!« Und er würde ein bisschen weinen, um Elvis zu zeigen, dass das auf gar keinen Fall passieren darf.

Elvis biegt in die Utrechter ein. In Gedanken versunken merkt er nicht, dass er und eine gewisse Person direkt aufeinander zusteuern. Mit jedem Schritt, den sie tun, kommen sie einander näher. Elvis schiebt Zweige und Blütengatsch mit den Sandalen beiseite.

Er denkt an Mama.

Gleich in der Früh hat sie sich im Zeichenzimmer eingeschlossen und so geguckt. Mit Elvis' Mutter ist das nämlich so eine Sache. Klar, sie kann eine *Ich-hab-dich-lieb-komm-sofort-her-du-Knuffelchen-Mama* sein. Aber manchmal ist sie eben auch eine *Warte-kurz-ich-bin-mitten-in-einer-Idee-Mama*. Und wenn sie eine Idee hat, kann es passieren, dass Elvis abgemeldet ist. Komplett. Von allem.

Denn die *Warte-kurz-ich-bin-mitten-in-einer-Idee-Mama* hat meistens nicht nur eine Idee. Meistens will sie sie auch zeichnen. Und meistens sieht das Gezeichnete auf dem Papier nicht so aus, wie es in Mamas Kopf ausgesehen hat. Also noch mal. Und noch mal. Und noch mal. Und dieses *und noch mal* kann dauern.

Als Elvis und Madame al Nour etwa fünf Meter voneinander entfernt sind, beginnt das Pelztierchen auf Madame al Nours Schulter die Witterung aufzunehmen. Die alte Dame hebt den Kopf. Vier Meter. Eine pelzige Stimme knurrt kaum hörbar: »Friedhofskind auf zwölf!«

Elvis bemerkt von alldem nichts. Obwohl er und Madame al Nour im selben Kiez wohnen, sind sie sich noch nicht sehr oft begegnet. Das liegt daran, dass beide eher selten auf die Straße gehen. Elvis verlässt den Friedhof nur für Einkaufen und Schule, und Madame al Nour macht einmal in der Woche ihre Kontrollrunde. Mittwochs natürlich. Der Mitteltag hält das Vorne und Hinten der Woche zusammen und ist für das Erspüren ungewöhnlicher Vorgänge der geeignetste. Die Chance, sich zu treffen, ist also gering. Aber heute ist Chance. Drei Meter. Das Pelztierchen blinzelt alarmiert und knurrt leise, doch Madame al Nour trippelt unbeirrt weiter. Zwei Meter sind es jetzt.

Sie krallt ihre Finger um den Rollator.

Ein Meter.

Mit voller alter-Damen-Wucht knallt sie in Elvis hinein.

Er prallt zurück, rudert mit den Armen in der Luft und fängt sich gerade noch auf. *KLIRR!* Der Aschenbecher mit dem qualmenden Räucherstäbchen landet auf dem Pflaster.

»Oh … Pardon!« Elvis schiebt sich die Haare aus der Stirn. »Ich hab Sie nicht gesehen. Tut mir leid. Ehrlich!«

Er bückt sich und hebt den Aschenbecher auf. Dabei kommt er der alten Dame sehr nahe. Elvis sieht ihre goldenen Fingernägel und ihre schweren Ringe. Und er riecht Madame al Nour. Ein beruhigender Geruch ist es, nach Jasmin und alter Dame. Elvis stellt den Aschenbecher zurück auf den Rollator.

Und dann: *WAMM!*

Madame al Nours berühmter Nachtexplosions-Blick trifft ihn unvorbereitet.

Elvis taumelt wieder, doch diesmal hält er sich an Madame al Nours Rollator fest. Sie legt ihre dünne, knochige Hand auf seine und sagt: »So, so.«

Währenddessen, so scheint es Elvis zumindest, schnuppert eine kleine, pelzumrandete Nase an seinen Haaren, und er meint außerdem, eine knurrige Stimme vom Kragen der alten Dame her zu vernehmen mit den Worten: »Gewiss, meine Teure. Gewiss.«

Jeder hier im Kiez kennt Madame al Nour. Wenn sie die Straße herunterzuckelt, machen ihr alle Platz. Madame al Nour trägt sommers wie winters einen wadenlangen Pelz und den passenden Kragen dazu. Unten gucken ein paar dünne Beine in pink-weiß gestreiften Hosen heraus, die in schwarzen, knöchelhohen Cowboystiefeln stecken. Madame al Nour hat eine scharf-gerade Nase, einen spöttischen Lippenstiftmund und schwarz umrandete Augen mit langen, getuschten Wimpern, die funkeln wie eine Nachtexplosion. Darüber zwei zu einem perfekten Bogen getuschte Brauen und ein dunkler Pagenschnitt, der mit silbergrauen Strähnen durchzogen ist. Doch das Merkwürdigste an ihr ist der Pelzkragen, der ihr schräg auf der Schulter liegt. Es gibt Berichte von Passantinnen, die beobachtet haben wollen, wie der Pelztierkopf ihnen zuzwinkert. Andere schwören *auf Alles!*, dass sie haargenau gesehen haben, wie das Pelztierchen auf Madame al Nours Schulter mit der Nase schnüffelt. Und wieder andere, vor allem Kinder, glauben *Spucke auf Herz*, dass sie gehört haben, wie das Pelztier mit einer leisen, knurrigen Stimme mit Madame al Nour spricht. So etwas wie: *Achtung links, Hundehaufen!* Oder: *Teenager voraus!* Natürlich tun die Erwachsenen die Berichte der Kinder als Fantasieunfälle ab, und so weiß niemand, dass Madame al Nours Pelztierchen tatsächlich mit ihr spricht. Niemand, bis auf Dalia.

Elvis überlegt, ob er auch das Räucherstäbchen aufheben soll, doch Madame al Nour zuckelt schon von dannen. Dabei schimpft sie laut über die Straßenreinigung: »Sicher, wir im Wedding dürfen uns den Weg selbst frei schaufeln. Drüben in Wilmersdorf sieht es sicher picobello aus …«

Was war das denn?!, denkt Elvis.

Und: *bizarr*.

Dann betritt er den Frühkauf.

Birols Laden ist gerade so groß, dass man sich darin umdrehen kann, und die Regale sind bis an die Decke vollgestopft mit Süßigkeiten und anderen lebenswichtigen Dingen. Hinter einer kleinen Glastheke stapeln sich belegte Brötchen, Donuts und frisch frittierte Sigara Böreği. Es riecht nach Kaffee. Birol sitzt an seinem Platz hinter dem winzigen Tresen, halb verdeckt von dem großen Glas mit den Sauerpommes und dem Drehturm mit dem Juckpulver und den Stinkbomben. Der Frühkauf ist direkt gegenüber von Elvis' Schule und führt alles, was dafür benötigt wird. Birol hört Radio und beachtet Elvis nicht weiter.

Elvis ist so verdattert von der Begegnung mit Madame al Nour, dass er vollkommen verkehrtes Zeug einkauft, nämlich Babazeug und nicht Mamazeug. Auch Birol ist heute nicht recht bei der Sache. Er macht keine Scherze, fragt Elvis nicht nach seinem *»werten Befinden, der Herr?!«* und er lässt ihn auch nicht in das Sauerpommes-Glas greifen. Birol hört bloß gebannt der Stimme des Wetteransagers zu: *»… nun zu dem eigenartigen Sturm, der heute gegen Mitternacht mit einer für die Jahreszeit ungewöhnlichen Windstärke über das Stadtgebiet Wedding, genauer gesagt über das Karree Seestraße bis Müllerstraße, Pankstraße und Badstraße hinweggezogen ist. Die extreme lokale Begrenztheit des Naturphänomens gibt unseren Meteorologinnen Rätsel auf …«*

Erst, als Elvis wieder zu Hause auf dem Friedhof angekommen ist, merkt er, dass er ausgerechnet das vergessen hat, weswegen er überhaupt zum Frühkauf gegangen war: Kamillentee.

Küçük & Kamillentee

Kamillentee ist doch nicht so wichtig, denkt ihr jetzt vielleicht, aber wenn ihr, wie Elvis Gursinski, eine kamillenteesüchtige Mutter hättet, würdet ihr das mit Sicherheit anders sehen …

»Elvis, Kamillentee bitte!«, schallt die Stimme von Peggy Gursinski durch das Haus. »Kamillentee-hee!«

Wenn seine Mutter eine Idee hat, kann sie nicht aufstehen und Kamillentee kochen und dann muss Elvis das eben tun. Klar. Aber Elvis hat keinen Kamillentee gekauft, also kann er auch keinen kochen. Also beschließt er, dass er seine Mutter nicht hört. Er schleicht die Treppe hinauf in sein Zimmer und hockt sich auf die Matratze unter dem Fenster. Nein, er kann Mama nicht hören, viel zu laut rufen ja die Sommervögel. Und die Grillen!

Elvis lehnt sich aus dem Fenster und blickt in die Eiche. Er pfeift. Nichts passiert. Er greift in seine Hosentasche, streut ein paar Sonnenblumenkerne auf das Fensterbrett und klopft mit den Fingern auf das Holz. Küçük liebt Sonnenblumenkerne. Nur Zucker liebt sie mehr ... Im Baum raschelt es und dann kommt etwas angesaust. Etwas Rotbraunes, Flinkes und ganz und gar Flauschiges: Küçük. So haben die Gursinskis das Eichhörnchen genannt, das in der alten Eiche wohnt.

Küçük springt auf das Fensterbrett und landet direkt vor Elvis Nase. Kurz schnuppert sie an den Kernen. Dann keckert sie aufgeregt, springt vor Elvis auf und ab und schnellt wieder in den Baum zurück. Sie springt von Ast zu Ast, kreischt laut und sieht Elvis dabei vorwurfsvoll an.

Da sieht er es endlich: In der Krone der alten Eiche, hinten rechts, wo gestern noch der große Ast mit Küçüks Astloch darin war, da ist: nichts. Nackte, abgesplitterte Baumzacken ragen in die Luft. Das muss wirklich ein beachtlicher Sturm gewesen sein. Und Elvis hat nicht mal was gemerkt!

Küçük stößt einen lauten Klageschrei aus. Elvis hält ihr seine Hände entgegen. Küçük hüpft hinein und klettert an seinem Arm hinauf.

»Arme Küçük«, Elvis klaubt das Eichhörnchen von seiner Schulter. Er drückt sie vorsichtig an sich und legt seine Wange an ihren flauschigen Rücken.

»Elvis, Kamillentee, bitte! Kamillentee-hee! Kamillentee-heee!«

Mamas Stimme kommt gleichzeitig von außen über die geöffnete Terrassentür und von innen durch das Treppenhaus. Mama in Stereo und viel zu laut: »Kamillentee-eeee! Kamillentee-heeee! Kamillentee-heeee!«

Elvis setzt Küçük auf seine Matratze und schließt das Fenster. Aus dem Schrank holt er einen zu kleinen Schlafanzug und legt ihn neben der Matratze zu einem Nest zusammen. Küçük beobachtet ihn neugierig. Ihre Ohrpuschel zittern.

»Bitte schön, die Dame«, sagt Elvis und deutet auf das Nest.

Küçük trippelt hin und her und schnuppert neugierig an dem Stoff. Der Geruch nach altem Frottee und Elvis scheint ihr zu gefallen. Küçük klettert in das Nest hinein und rollt sich zusammen. Sie putzt sich die Nase, dann fallen ihre Augen zu.

Elvis streichelt ihr über den Rücken. »Bin gleich zurück«, raunt er.

Dann geht er hinunter.

Als Elvis an der Tür zum Zeichenzimmer klopfen will, merkt er, dass es dahinter still geworden ist. Zumindest hört er keine Kamillentee-Rufe.

Stattdessen ist da ein eigenartiges *schrapp-schrapp* zu hören.

Schrapp-schrapp,
schrapp-schrapp,
schrapp-schrapp
macht es.
Unaufhörlich.

Elvis klopft. Einmal. Zweimal. Fünfmal. Endlich hört das *schrapp-schrapp* auf. Es raschelt, dann poltert etwas. Elvis hört Schritte, dann dreht sich der Schlüssel im Schloss und Mama steht vor ihm. Mit roten Wangen und zerrauften Haaren und einem absoluten *Weit-weg-Blick*, der sich bei Elvis Anblick in ein zerstreutes Lächeln verwandelt. Elvis lugt an ihr vorbei ins Zimmer.

Oh nein. Was er da sieht, reicht ihm vollkommen …

»Ja, bitte? Was möchtest du, mein Lieber?«, fragt seine Mutter zerstreut und kneift die Augen zusammen.

»Öh …«, macht Elvis. Was *er* will? Seine Mutter war es doch, die nach ihm gerufen hat.

»Elvis, bitte. Ich arbeite. Wenn du nicht weißt, was du möchtest, stör mich auch nicht. Ich hab wirklich zu tun.« Mama macht ihm die Tür vor der Nase zu, doch dann steckt sie ihren verstrubbelten Kopf noch einmal heraus: »Du, Knuffelchen, wenn du nichts mit dir anzufangen weißt, kümmere dich doch um den Friedhof, ja?«

Warzige Füße, sabbrige Zungen

Elvis versteht die Welt nicht mehr. Gut, ihm ist meistens schleierhaft, warum die Leute tun, was sie tun. Und seine Mutter ist auch nicht gerade bekannt für vorhersehbares Verhalten, eher für komplett vertrixtes ... Zuerst dachte Elvis ja, er weiß, was los ist, denn Mamas Zimmer sah mal wieder schrecklich aus. Überall Stifte, Radiergummifitzel und Anspitzerflocken. Und alles voller Augen und knotiger Haare und warziger Füße mit Krallen dran. Ein paar sabberige Zungen waren auch dabei! Gezeichnet natürlich. Er hat sie auf den zusammengeknüllten Blättern am Boden gesehen.

So geht das nämlich schon eine ganze Weile ...

Peggy Gursinski ist Illustratorin. Sie träumt davon, eines Tages das perfekte Bilderbuch zu machen. Eines, das die

Kinder zum Lachen und die Erwachsenen zum Weinen bringt. Und bis dahin zeichnet sie Bilder für Schulbücher und Broschüren vom Gesundheitsamt.

Irgendwann fing es an: Es schlichen sich kleine Merkwürdigkeiten in ihre Bilder. Hier ein glotzendes Auge, da ein haariger Zeh oder eine hubbelige Warze. Einmal hatte sie den Auftrag, für eine Broschüre über Impfaufklärung ein paar harmlose Zeichnungen anzufertigen. Sie zeichnete drei Tage und Nächte und am Ende hatten die Spritzen unheimliche Gesichter und aus den Nadeln tropfte schwarzes Blut, das sich am unteren Seitenrand zu einem Meer von schielenden Augen und langen, gespaltenen Zungen sammelte.

Leider hat Peggy Gursinski die Zeichnung nicht noch mal angesehen, bevor sie sie wegschickte, und so verstand sie nicht, als ihre Auftraggeber sie verärgert anriefen und fragten, ob das ein Witz sei. Sie sagte nein, überhaupt nicht und wieso, das sei doch eine schöne Illustration geworden, und als dann ein paar Tage später ihre Zeichnung samt Kündigung des Vertrages mit dem Gesundheitsamt im Postkasten landete, verstand sie die Welt nicht mehr. Sie sollte dieses Schreckliche gezeichnet haben?

Ein paar Wochen später geschah etwas Ähnliches, diesmal war es der Schulbuchverlag, der Peggy Gursinski die Zusammenarbeit aufkündigte, sodass sie zum Brötchenverdienen eine Stelle im Altenheim annehmen musste.

Elvis Mutter konnte das alles nicht begreifen.

Bisher waren ihre Zeichnungen doch immer viel zu harmlos und nett gewesen!

Sie beschloss, noch mal ganz von vorne anzufangen. Auf dem Friedhof hielt sie nach Dingen Ausschau, die sie abzeichnen konnte. So türmten sich auf ihrem Zeichentisch bald Vogelfedern und ungewöhnlich geformte Steine, Eicheln und getrocknete Blätter. Manchmal fand sie auch Dinge, die Menschen über die Hecke geworfen hatten: plattgedrückte Trinkpäckchen mit zerkautem Strohhalm, eine alte Socke, Bierdosen, die silbrig glänzende Packung einer Nudelsuppe.

Das alles nahm sie mit in ihr Zeichenzimmer und versuchte, es abzuzeichnen. Eine solch schnöde Aufgabe sollte ihr wohl gelingen?

Doch zu ihrem Entsetzen schlichen sich auch in diese Zeichnungen Merkwürdigkeiten hinein. Die Federn sahen aus wie Geister aus der Unterwelt, mit wirrem Haar und irren Augen. Steine wurden zu hinterhältigen Koboldgesichtern und das Trinkpäckchen hatte knorrige Arme und Beine und schien den Betrachter beinah aussaugen zu wollen.

Es ist nicht zu leugnen, seitdem sie in dem alten Haus auf dem Friedhof wohnen, sind Peggy Gursinskis Illustrationen schaurig. Und von der ganzen Aufregung wurde seine Mutter kamillenteesüchtig, eh klar.

Und jetzt will sie doch keinen? Nach all dem Gerufe?

Komisch, denkt Elvis.

Alle sind heute einfach nur komisch. Vielleicht ist es der Sturm. So ein Wetterumschwung ist nicht ohne.

Elvis geht in die Küche und trinkt ein großes Glas Wasser.

Dann geht er hinaus auf den Friedhof.

Der Schwur

»So ein Wetterumschwung ist nicht ohne«, murmelt Madame al Nour und füllt zwei Gläser bis zum Rand mit einer dunkelgrünen Flüssigkeit. »Weizengras, Spirulina, Chlorella. *Per-fekt!*« Sie lacht leise in sich hinein. »Und nicht zu vergessen: Spitzwegerich! Der arme Birol weiß ja gar nicht, zu was dieses Pülverchen gut ist! Und seine Kundinnen haben auch keinen Schimmer, *ha!*«

Mit einem langen, silbernen Löffel rührt die alte Dame die trübe Flüssigkeit um. 13 Mal. Gegen den Uhrzeigersinn. Dann lässt sie sich auf dem Küchenstuhl nieder und ruft mit lauter Stimme: »Dalia!«

Ein Mädchen schiebt den pinkfarbenen Perlenvorhang beiseite, der die Küche vom Flur trennt, und betritt die Küche.

Dalia ist groß für ihr Alter, trägt ein zeltartiges, gelbes T-Shirt, übergroße Shorts und die schwarzen Haare sind hinten zu einem Zopf gebunden. Die Seiten darunter sind kurz rasiert.

»Großmutter?«

»Setz dich, Kummerkind.«

Dalia lässt sich auf dem Stuhl gegenüber der alten Dame nieder. Die beiden haben, wenn man genau hinsieht, eine gewisse Ähnlichkeit. Natürlich, es liegen Jahrzehnte zwischen ihnen, aber beide haben sie diese Augen.

Augen, denen nichts entgeht.

Madame al Nour schiebt Dalia das Glas mit der grünen Pampe hin. Die verzieht angewidert das Gesicht.

»Och nee! Muss ich …?«

Ein Blick von Madame al Nour reicht. Dalia nimmt das Glas in beide Hände und sieht ihrer Großmutter fest in die Augen. Dann zögert sie.

»Warst du wieder im Bioladen?«

»Birol macht jetzt auch bio«, sagt Madame al Nour knapp. »Und nun: Trink.«

Dalia nickt folgsam. Dann trinkt sie das Gebräu mit einem langen Schluck aus. Sie lässt sich nicht anmerken, wie ausgesprochen widerwärtig die Mixtur schmeckt.

»Und jetzt«, Madame al Nour legt ihre Hände auf den Tisch, »der Schwur!«

Ihre Adern verlaufen wie Flüsse unter der Haut entlang,

ihre Handrücken sind übersät mit vielen kleinen Flecken in verschiedenen Brauntönen. Dalia mag diese Flecken. Sie legt ihre Hände so, dass ihre Fingerspitzen die gold lackierten Fingernägel ihrer Großmutter berühren. Dabei wippt sie nervös mit den Beinen. »Großmutter, also ... kann es nicht vielleicht eine andere Aufgabe sein? Ich meine, ausgerechnet –«

»Husch!« Madame al Nours Stimme klingt scharf. »Nicht wir suchen unsere Aufgaben aus. Unsere Aufgaben suchen uns aus. Lektion 1. Schon vergessen? Müssen wir etwa noch mal von ganz vorne anfangen?!«

»Nein, nein«, beeilt sich Dalia, »schon gut. Ich mache es.«

Beide schließen die Augen.

»Ich sehe«, sagt Madame al Nour und ihre Stimme vibriert kraftvoll in der kleinen Küche. »Ich sehe große Gefahren. Und große Chancen. Diese Aufgabe ist deine Zwischenprüfung. Du kannst sie bestehen, wenn du stark genug bist, schwach zu sein. Ich begreife nicht alles, was ich sehe, dennoch frage ich dich: Dalia al Nour, meine Enkeltochter, meine Erbin. Bist du bereit?«

Dalia schluckt. Sie ist jetzt ganz still. *Zwischenprüfung?!* Jetzt schon?

Von der Spitze ihres Zopfes bis zu ihren weißen Turnschuhen kribbelt es in ihrem Körper. Dalia räuspert sich und schließt die Augen: »Ich bin bereit, Großmutter.«

»Hast du deine vierzehn Lektionen gelernt?«

»Ich habe meine vierzehn Lektionen gelernt.«

»Du kennst die Anwendung des Salzes, des Öls und der Gabe?«

»Ich kenne die Anwendung des Salzes, des Öls und der Gabe.«

»Dann sei es gut.«

»Ich hoffe.«

Die feierliche Stimmung ist ebenso schnell aus der kleinen Küche verflogen, wie sie aufgekommen ist. Großmutter und Enkelin nehmen ihre Hände auseinander und öffnen gleichzeitig die Augen. Madame al Nour kippt ihren grünen Trunk in einem Zug hinunter und verkündet: »Nur das mit dem Wetterumschwung ist so eine Sache. Bei Wetterumschwüngen kann man nie ganz wissen. Diese Verschiebungen, die da entstehen ... *hakelig*, bei Gott. Aber Zazie hier«, Madame al Nour deutet in den Flur, wo ihr alter Pelzmantel samt Kragen an einem Haken hängt -, »Zazie meint auch, wir dürfen nicht länger warten. Sonst wird es zu ... *brisant*. Nicht wahr, Zazielein?«

Von der Garderobe kommt ein knurriges Stimmchen: »Gewiss, meine Teure. Gewiss.«

Die Lebenden und die Toten

Falls ihr euch fragt, ob ihr das alles richtig gelesen habt: *Friedhofskind auf zwölf!*, und *Kümmere dich doch um den Friedhof* und so – ja, das habt ihr. Elvis Gursinski wohnt tatsächlich auf einem Friedhof. *Auf* wohlgemerkt. Das heißt, er wohnt über der Erde, in einem Haus und nicht in einem Sarg. Er ist ja nicht tot. Und keine Sorge, diese Geschichte wird auch nicht damit enden, dass Elvis herausfindet, dass er es ist. Versprochen!

Elvis Gursinski ist ein ganz und gar lebendiger Junge. Er hat lange, braune Haare, die ihm über die Nase reichen, und irgendwo dazwischen lugen ein paar grüne Augen hervor. Elvis ist klein und schmächtig und er mag Wassermelone mit Kernen und Cornflakes mit Maulbeersirup und Mücver, also Babas Zucchinipuffer.

Elvis mag den Friedhof und Küçük natürlich.

Er mag nicht so gern: Schule und andere Menschen.

Also, lebendige.

Elvis mag es still und mag es leise. Er mag es, wenn er in Ruhe gelassen wird. Er mag es, wenn man ihn übersieht.

Der Sturm, der Küçüks Ast heruntergerissen hat, hat natürlich auch auf dem Rest des Friedhofs gewütet. Wege und Gräber sind voll mit abgerissenen Zweigen, Blättern und Blüten. Und mit Müll. Zum Glück ist es noch immer kühl, das erleichtert die Arbeit. Elvis holt Harke, Schaufel und Schubkarre.

Eigentlich bräuchte er dringend ein freundliches Wort ... Ja, am liebsten würde er direkt zu Elfriede Schumschill gehen! Aber seine Arbeit ist wichtig und überhaupt: Mama hat es gesagt.

Eigentlich wäre es ja die Aufgabe seiner Eltern, sich um alles zu kümmern. Die Gursinskis dürfen für eine kleine Miete in dem alten Friedhofsgärtnerhaus wohnen. Dafür haben sie unterschrieben, dass sie sich um alles kümmern: um die Gräber, die Wege und all die Pflanzen und Bäume, die hier leben. Um den ganzen Friedhof eben. Sie müssen im Herbst das Laub beiseiteschaffen und im Winter Kies streuen, damit niemand ausrutscht. Müssen harken und jäten und gießen und ab und zu einen lockeren Grabstein kennzeichnen.

Doch seit einiger Zeit ist es Elvis, der das alles erledigt.

Er kümmert sich um die Lebenden und um die Toten.

Elvis steht mitten auf dem Hauptweg und balanciert auf einem Bein. Er hasst es, wenn Sand zwischen seine Zehen kommt, noch dazu dieser feuchte. Brrr ... Er versucht, die Sandalen im Stehen auszuschütten, wackelt mit dem Fuß, da hört er ein leises Lachen.

Er blickt sich um – niemand zu sehen.

Es wird wohl aus einem der Gräber gekommen sein.

Durch eine besonders ruckartige Zehen-Ausschüttel-Bewegung verliert Elvis sein Gleichgewicht und landet auf dem Hosenboden. Zum Glück sieht ihn hier niemand. Es kommen kaum Menschen auf den Friedhof. Zu alt sind die Gräber oder zu einsam lebten ihre Bewohnerinnen und Bewohner und beerdigt wird hier schon lang niemand mehr. Der Friedhof ist stillgelegt. Elvis rappelt sich auf. Auf dem Weg sind Mistkäfer unterwegs, schwarze Moderkäfer und ungefähr eine Billion Ameisen. Sie bilden wimmelige Straßen zwischen dem Laub. Elvis geht vorsichtig zwischen ihnen hindurch. Er geht nach hinten, in den uralten Teil des Friedhofs. Hier ist alles überwuchert, die Efeuranken haben diesen Teil des Friedhofs fest in Beschlag genommen. Elvis mag die uralten Gräber. Hier ist es immer ganz still. Die Erinnerungen der Toten, ob freudig oder tragisch, sind längst verflogen. Hier kommt er zur Ruhe. Außerdem wachen hier wunderschöne Engel mit ausgebreiteten Flügeln und es gibt verschnörkelte Steinkreuze und andere verzierte

Grabsteine. Die Inschriften sind verwittert, und Elvis hat schon viele Stunden damit verbracht, sie zu entziffern.

Oh, lieb, solang du lieben magst
Oh, lieb, solang du lieben magst
Die Stunde kommt, die Stunde kommt!
Wo du an Gräbern stehst und klagst

Das steht auf einem großen, rissigen Steinquader. Daneben steht das Grabmal, das ein bisschen aussieht wie ein kleines Haus. Er ist ganz schief und in den rissigen Stein ist ein Nachtfalter eingearbeitet. Ein Eulenfalter ist es, hat Mama gesagt. *Noctudiæ* auf Latein. An der Seite des Steins klebt ein verblasster, einst leuchtend grüner Aufkleber:

ACHTUNG!
Dieses Grabmal ist nicht standsicher und muss
fachgerecht befestigt werden.
Die Friedhofsverwaltung

Baba meinte damals, das mache überhaupt nichts. Denn es würde schon niemand auf die Idee kommen, auf dem Grab herumzutanzen, oder? Eben. Und der ganze Efeu würde die Sache außerdem sehr gut zusammenhalten … Vielleicht hatte Baba sich auch keine *fachgerechte Befestigung* zugetraut, jedenfalls haben Elvis' Eltern sich nie weiter um den schiefen Stein gekümmert. Seit dem Einzug in das Friedhofsgärtnerhaus sind sie sowieso mit anderen Dingen beschäftigt ...

Neben dem Grabstein von *Herrfred A. Siegfried Kondolenz* hat sich eine Wegwarte selbst ausgesät. Um ihre blauen Blüten tanzen Schmetterlinge. Elvis kniet sich neben das Grab und gräbt sie mit seiner kleinen Handschaufel aus. Er beeilt sich, denn schon hört er Kondolenz zetern: »Kaputtniks! Radikalinskis!« und andere sonderbare Wörter.

Herrfred A. Siegfried Kondolenz hat seinerzeit eine besonders kluge Methode zur Anstellung seiner Arbeiterschaft erfunden. Irgendetwas mit Unterverträgen von Unterverträgen von Unterverträgen. Elvis begreift es nicht so ganz, aber er begreift sehr wohl, dass *Herrfred A. Siegfried Kondolenz (Dein Leben war nur Schaffen und Streben!)* ein Leben in Saus und Braus führte und nun im prachtvollsten Grab des ganzen Friedhofes liegt. Sein Stein hat sogar goldene Buchstaben.

Hinter Elvis ertönt ein lauter *Knacks!*

Er fährt herum.

Nichts zu sehen.

Vielleicht ist irgendwo ein Ast aus einem Baum gefallen? Elvis legt die Wegwarte samt Wurzeln oben auf die Schubkarre und fährt sie ans andere Ende des Friedhofes. Zu Ladislaus Skappo. Sorgfältig pflanzt er sie vor sein kleines Holzkreuz. Er weiß, dass Skappo Wildblumen mag.

Mohn, Kamille, Kornblumen, Wegwarte und Schafgarbe. Die erinnern ihn an seine Heimat.

So arbeitet sich Elvis Gursinski allmählich weiter über den Friedhof, bis sich Laub, Plastikreste und leere Trinkpäckchen auf seiner Schubkarre türmen und er endlich bei Elfriede Schumschill ankommt. Ihr Grabstein ist Elvis' Lieblingsgrabstein. Er ist ziemlich unauffällig. Einer, wie es sie zu Tausenden gibt. Rötlicher Granit, an einer Seite abgeschrägt, weiße Schrift:

Elfriede Schumschill 30.5.1922–31.12.1999

Ganz, als hätte sie nicht ins neue Jahrtausend gewollt: *»Nee, lass mal, Jungchen. Das ist nichts für eine so alte Schachtel wie mich!«*

Elvis hat Elfriede Schumschill gern. Und er liebt es, bei ihr zu sitzen, auf der Bank unter der Birke. Elvis mag den Geruch ihrer Königsberger Klopse mit Kapernsoße, ihre Lockenwickler aus Plastik in *Rosé* und *Bleu* – ja, genau so sagt sie immer: *Rosé* und *Bleu!* – und ihre bunten Kleider aus Polyester.

Überhaupt sind es die Farben im Leben der Elfriede Schumschill, alles leuchtet! In der Ferne ihrer Erinnerungen, dort, wo die Ränder verblassen und die Farben eher schwarz-weiß sind, kann Elvis einen hölzernen Pferdewagen ausmachen, verlassene Dörfer, zerstörte Städte. Da gibt es viel Traurigkeit, aber wann immer Elvis einen Blick auf diese alten Erinnerungen erhascht, schaltet sich Elfriede Schumschill ein und zeigt ihm das bitzelige Prickeln ihrer selbst gemachten Limonade oder kommentiert seine Frisur.

Es ist fast so, als wolle sie, die Elfriede Schumschill, ihn, den Elvis Gursinski, vor allem Schlechten der Welt bewahren.

»Jungchen, wie nett. Ein Vormittagsplausch!«, dröhnt es aus dem Efeu. »Aber du bist ja ganz verschwitzt und dreckig, und die Haare – wie ein Beatle, Jungchen, wie ein Beatle!«

Elvis lehnt sich auf der Bank zurück. Er mag es, wenn Elfriede Schumschill mit ihm schimpft. Seine Eltern haben keine Zeit für so was. Eigentlich könnten sie ihn schon ein bisschen besser erziehen, findet Elvis. Wie gut, dass es Elfriede Schumschill gibt.

Seine Begegnung mit Madame al Nour kommt ihm in den Sinn. Ob er Elfriede Schumschill davon erzählen soll?

Als ob sie seine Gedanken gehört hätte, sagt Elfriede Schumschill: »Pelz!? Na, die waren schwer in Mode, diese Kragen, das kann ich dir sagen. Und *teuer!* Ich habe mir so was ja nicht leisten können. Sogar mit Köpfchen dran, sagt du? Todschick. Und diese *Madame*, die ist die Großmutter von …?«

»Dalia«, sagt Elvis automatisch und meint, gleich darauf ein ganz leises »*Worauf du einen lassen kannst!*« zu hören, aber das bildet er sich sicher ein und Elfriede Schumschill redet auch schon weiter: »Aus deiner Klasse, richtig? Sag, was du willst, Jungchen, Dalia *ist* ein prächtiger Name! Erinnert mich an meinen Balkon seinerzeit in der Prinz-Eugen, was hatte ich da für Dahlien! Ein Rot, kann ich dir sagen, Jungchen, ein Rot!«. Wenn Elfriede Schumschill begeistert ist, kann sie erzählen und erzählen.

Elvis wird schläfrig, trotz seiner kalten Zehen.

Um ihn herum ziehen Bienen, Schwebfliegen und Mücken ihre Bahnen. Von den Douglasien her duftet es nach Zitrone und über die Friedhofsmauer weht der Wind den Lärm der Stadt. Autozuschen, Gehupe und über allem liegt die Stimme von Elfriede Schumschill. Wie eine heimelige Decke breitet sich das alles über seine Gedanken. Und dann schläft Elvis Gursinski auf der Bank vor Elfriede Schumschills Grabstein ein.

Gelatine

»Gelatine. Ey! Pssst!«

Mit einem Ruck ist Elvis wach. Sein Mund schmeckt pappig. Da ist auch etwas Feuchtes. Spucke? Wie peinlich. Er will sie gerade wegwischen, doch – da ist jemand! Auf der Bank. Ganz deutlich spürt Elvis die Wärme und den leicht metallischen Geruch eines anderen Körpers.

»Gelatine! Ey, tüt!«

Elvis kennt die Stimme.

Es ist die Stimme von Dalia. Von Dalia al Nour.

Dalia al Nour hat vollkommen zu Recht den Ruf, das krasseste Mädchen der Schule zu sein. Ihre Nackenklatscher sind berüchtigt, sie ernährt sich ausschließlich von abgezockten Pausenbroten und Birols Sauerpommes und ahnungslose Vertretungslehrer bringt sie nach spätestens elfeinhalb Minuten zum Weinen. (Elvis hat auf die Uhr gesehen.)

Vor Dalia kuschen selbst die gefährlichsten Sechstklässler.

Dalia ist laut.

Dalia ist groß.

Dalia ist, na ja: Dalia.

Sie sitzt in der Schule hinter Elvis und starrt ihm oft so lange in den Rücken, bis es ihn juckt. Einmal hat Elvis sogar Ausschlag davon bekommen. Baba war außer sich, er hat das ganze Haus gesaugt und alle Kissen gewaschen und den Teppich drei Nächte über dem großen Doppel-Grabstein von Bismilda Freifrau von Liegestütz und Winfried Ogambe auslüften lassen, weil er irgendwelche Bazillen vermutete. Nur mit Mühe konnte Elvis ihn davon überzeugen, dass es sich bei den roten Pickelchen eher um ein psychosomatisches Leiden handelte. Also eines mit seelischer Ursache. Also: *Probleme*. Da hat Baba Elvis traurig angesehen und Elvis musste sich auf den Teppich legen und *Babas Medizin-Mix II* von vorne bis hinten anhören. Als Gegenmittel.

»Gelatine! Ey, tü-hüt!«

Was soll Elvis machen? Die Augen öffnen? Besser nicht. Besser er tut, als ob er noch schlafe. Ja. Genau. Probehalber gibt er einen kleinen Schnarcher von sich: »Krrrrchhhhh …« *Das* scheint zu klappen. Zumindest ist

Dalia für einen Moment still. Sicherheitshalber schnarcht Elvis noch mal, diesmal etwas lauter: »KRRRCHHHHH!« Damit hat er es offenbar übertrieben.

Denn plötzlich hat er zwei Finger im Gesicht.

Die Finger sind krümelig, riechen nach Cola und drücken seine Nase zu.

Elvis Mund öffnet sich automatisch. Er atmet kühle Sommerluft und versucht, sich aus Dalias Griff zu winden.

»Na, also, Gelatine«, lacht sie und lässt seine Nase los. »Wusste ich doch, dass du nicht pennst, Alter.«

Gelatine. Seit dem Tag der Einschulung geht das so. Und das nur, weil Mama ausgerechnet an dem Morgen eine Idee hatte und der Lehrer es für so »Äh ... *originell!?*« hielt, dass Elvis alleine gekommen war, dass er ihn erst vor der ganzen Klasse darüber ausfragte und dann mit hochgezogenen Augenbrauen seinen mittleren Vornamen vorlas: »*Gelatin?!* Ist das ein Name?! Ist das ... *georgisch? Rumänisch?* Kommt es von *Gelatine*?! Deine Eltern müssen ja große Sauerpommes-Fans sein, *haha!*«

Seit diesem Tag also geht das so.

Ey, Gelatine, hast du ein Gummibärchen für mich?

Ey, Gelatine, deine Knie sind ganz wabbelig, hast du Schiss?

Ey, Gelatine, lass mal abbeißen – oder nein, warte, bist du halal?

Elvis ist bloß froh über eins: dass sie keine Songs von

Elvis singen, wenn sie ihn sehen. Von welchem Elvis auch immer. Er ist nämlich gleich nach zweien davon benannt: Presley und Costello. »*Damit die Kraft von zwei Elvissen in dir wirkt, natürlich!*«, sagt Baba immer. Davon hat Elvis bisher allerdings noch nicht viel mitbekommen …

Dalia betrachtet Elvis amüsiert. »Du hast mich *ü-berhaupt* nicht gehört, oder? Naja, *weh-teh-eff*. Hier wohnst du also, Gelatine. Echt, ja? Krasso. Erzähl mal, mit wem, äh, wohnst du denn so hier, und wie ist es überhaupt eigentlich, auf einem Friedhof zu leben, ganz schön extravagant stell ich mir das vor und vielleicht auch ein winziges Ideechen unheimlich, aber ey, was weiß ich schon, deshalb frage ich ja, also … wie ist die Lage, Gursinski?«

Elvis senkt den Kopf.

Immerhin muss er Dalia dann nicht ansehen.

»Nichts da!« Schon wieder ist eine Dalia-Hand in seinem Gesicht. Besser gesagt, in seinen Haaren. »Schön öffnen den Vorhang, Gelatine, schön öffnen!«

Elvis versucht, von Dalia wegzurücken. Unauffällig. Das ist natürlich nicht ganz einfach, denn sie hat noch immer seine Haare in der Hand.

Elvis zieht ein bisschen, Dalia zieht ein bisschen, Elvis zieht wieder und dann – lässt Dalia ihn los. Elvis wird geradezu an das andere Ende der Bank katapultiert. Dort angekommen atmet er erst einmal tief aus und lugt dann vorsichtig unter seinem Pony hindurch zu Dalia hinüber.

Höchstwahrscheinlich hat er gerade sein Todesurteil unterzeichnet.

Elvis erwartet, angesprungen oder mit etwas beworfen zu werden, und sei es nur mit einem besonders ausgefallenen Schimpfwort. Vielleicht wird Dalia ihn auch zu Boden ringen und sich im Friedhofssand auf seinen Brustkorb setzen, seine Arme in den Staub drücken und ihm einen langen, weißschaumigen Spuckefaden Richtung Gesicht hinunterlassen. Elvis hat einmal gesehen, wie sie das in der Pause mit Sander aus der 6a gemacht hat.

Elvis sieht alles schon genau vor sich, doch es passiert haargenau: nichts.

Dalia hat die Ellbogen auf ihre Knie gestützt, starrt auf den Boden vor sich und scharrt mit ihren weißen Turnschuhen im Sand.

»Tjaaaaa ... weißt du, Gelatine ...«, ihr Tonfall ist jetzt anders.

Irgendwie freundlicher.

»Es ist doch so: Ich mach mir nämlich Sorgen! Jep. Genau. Wegen dieser ... Selbstgespräche immer. Das ist nämlich ein eindeutiges Zeichen von Gagaismus. Wenn du verstehst, was ich meine.«

Selbstgespräche. Dann war *sie* das vorhin, das mit dem Kichern? Dalia hat ihn also die ganze Zeit beobachtet! Und sein Gespräch mit Elfriede Schumschill hat sie belauscht. *Oh. Du. Hölle*. Immerhin haben sie noch drei Wochen

Sommerferien. Drei Wochen Schonfrist. Jetzt muss er es nur schaffen, der Versuchung zu widerstehen, sich auszumalen, was Dalia in der Schule mit diesen Informationen anstellen wird …

»Hal-lo-ho!!! Jemand da-ha!? Mö-hönsch! Gelatine! *Gagaismus. Crazynessmess. Verrückteritis.* Schecki?!«, Dalia wischt mit der Hand vor seinem Gesicht herum. Hoch runter, hoch runter.

Mit einem Mal kribbelt seine Nase. Elvis riecht den Dunst von Haarspray aus einer enormen, goldfarbigen Sprühdose und Elfriede Schumschills ferne Stimme dröhnt: *»Na, Jungchen! Herumkommandieren lässt du dich aber nicht!«*, und dann spürt Elvis Gursinski einen Funken zitronengelber Wut.

Elvis steht auf und nimmt seine Harke.

Er weiß jetzt, was er zu tun hat.

Er macht weiter, dort, wo er aufgehört hat. Er harkt. Er harkt sich an Dalias Turnschuhen vorbei, zurück in Richtung Hauptweg, und befördert dabei Zweige, Blätter und Müll in die Schubkarre. Dalia sieht ihm einen Moment lang verblüfft zu. Dann springt sie ebenfalls auf und überholt Elvis, um rückwärts vor ihm her zu trippeln.

»Also, sprich. Wen hast du da eben vollgetextet, Habibi? Ich persönlich hab ja niemanden gesehen. Aber: *Who knows?* Sind es vielleicht … *Geister?!*«

Elvis knallt die Spitzen seine Harke auf den Sandweg.

Am liebsten würde er diesen Vormittag einfach wegharken. Der Sturm – *Zack!* Madame al Nour – *Zack!* Küçüks Ast – *Zack!* Mamas Idee – *Zack!*

Dalia schlägt sich mit der Faust gegen die Stirn. »Mist! Ich wollte doch, ich sollte –!« Sie stammelt herum, verhaspelt sich mehrmals – und dann guckt Dalia al Nour Elvis Gursinski verlegen an.

Richtig zerknirscht sieht sie aus.

Das ist nicht richtig, denkt Elvis. Ganz und gar nicht richtig.

Das scheint auch Dalia zu merken. Aus ihrem verlegenen Knirschblick wird eine eigenartige Grimasse. Die hängt ein paar Sekunden in der Luft, und als Dalia ihr Gesicht halbwegs wieder unter Kontrolle hat, ist es ernst und auch ein bisschen bedröppelt. »Ähm«, macht sie.

Und dann kommt das Unerhörte.

Dalia al Nour sagt: »Sorry.«

Verlegen steckt sie ihre Hände in die Hosentaschen und wühlt darin herum.

Bizarr, denkt Elvis. Noch niemals in seiner ganzen Schulzeit, hat er gehört, dass Dalia sich für irgendetwas entschuldigt hätte. Und jetzt sagt sie *Sorry* und streckt ihm auch noch ihre krümelige Sauerpommes-Hand entgegen?! Er will Dalias klebrige Hand nicht nehmen, aber Elvis Gursinski ist ein höflicher Mensch und so hebt sich sein Arm ganz automatisch. Dalia packt zu, umklammert seine

Hand fest und reißt seinen Arm hoch und runter, als wolle sie ihn als Souvenir für ihre Großmutter mit nach Hause nehmen.

»Perfekt. Dann wäre das geklärt. Uff. Ich dachte schon. Gut! Was machen wir jetzt?«

»Äh, nichts« sagt Elvis und wischt seine Hand unauffällig an der Hose ab. Dabei knallt er seine Harke ein bisschen zu fest auf den Sandweg.

»Autsch!«, macht Dalia, aber es klingt nicht danach, als würde ihr etwas wehtun.

»Was denn?«

Dalia deutet auf den Boden.

Oh nein. Das hat er nicht gewollt!

Direkt neben Dalias Turnschuh, besser gesagt auf einem Zacken seiner Harke, steckt ein Mistkäfer. Ziemlich aufgespießt. Aufgespießter geht es im Grunde nicht. Sein runder Leib ist durchbohrt ... *Käfer, stirb nicht!*, fleht Elvis still, doch vergebens. Der Käfer zappelt noch ein allerletztes Mal mit seinen Beinchen, dann ist er still. Sein blauschwarzer Panzer schillert im Sonnenlicht.

Dalia geht in die Hocke. Sie nimmt den Käfer zwischen zwei Finger und pflückt ihn von dem Metall ab. Dann platziert sie ihn auf ihrer Handfläche und betrachtet ihn zärtlich. »Wo kommt der hin?«

»Hm«, Elvis räuspert sich. »Lass ihn liegen. Ich, äh ... mach's später.«

Dalia muss ja nicht wissen, dass es einen speziellen Ort für verstorbene Insekten gibt. Und überhaupt, Elvis will jetzt einfach nur allein sein. Wäre Dalia nicht aufgetaucht, wäre das mit dem Käfer ja überhaupt nicht passiert! Was *macht* sie überhaupt hier? Hat sie nichts Besseres zu tun? Ihrer Großmutter helfen, unschuldige Passanten umzurennen oder so?

Elvis hat definitiv eine *al-Nour-Überdosis* an diesem Tag.

Sein plötzlicher Ärger lässt Elvis ganz ruhig werden.

»Der Friedhof schließt auch gleich«, sagt er.

Dalia guckt ihn erstaunt an. Dann zuckt sie mit den Schultern, steckt den Mistkäfer in ihre Hosentasche und lächelt. »Na gut. Sag Bescheid, wenn du mich brauchst«, und dann schlendert sie davon. Ganz gemächlich spaziert sie den frisch geharkten Hauptweg entlang, auf den Ausgang zu. Ihr T-Shirt leuchtet in der Abendsonne, und ihr Zopf, den sie über den rasierten Seiten wie immer nach hinten gebunden hat, wippt auf und ab.

Ganz in Gedanken steckt Elvis einen Finger in den Mund und lutscht die Cola-Krümel ab. Sofort spuckt er aus.

Igitt!

Das ist gar kein Zucker!

Es ist Salz.

Meerschweinchenschmalz

»Wo hab ich bloß, wo ist denn nur …« Madame al Nour humpelt in der kleinen Küche umher, macht Schränke auf und guckt in Schubladen. Dabei lässt sie die Ringe an ihren Fingern klackern und murmelt leise vor sich hin: »Butter, Salz und Pferdeschmalz. Butter, Salz und … na ja, *Meerschweinchenschmalz* geht auch. Oder Schwarzkümmelöl. Oder Olive! Wo hab ich bloß, wo ist denn nur …?«

Wenn Dalia ihre Großmutter nicht besser kennen würde, würde sie fast vermuten, sie sei nervös. Aber das kann ja gar nicht sein.

Dalia sitzt am Küchentisch und studiert das Muster der Tischdecke. Purpurne Papageien auf einem türkis-gelben Hintergrund. Den ganzen Heimweg hat sie gegrübelt. Was hat sie diesmal falsch gemacht? War sie zu fordernd? Zu zurückhaltend? Zu … *irgendwas?* Warum kriegt sie es auch nie hin, einfach mal den richtigen Ton zu treffen? Ob ihre Großmutter ihr den Auftrag entziehen wird? Besonders viel Lust hat Dalia zwar nicht, ihre Sommerferien ausgerechnet mit Gelatine Gursinski zu verbringen … Andererseits: Es ist ihre Zwischenprüfung! Und etwas an diesem Auftrag lässt sie schon jetzt nicht mehr los. Das komische alte Haus auf dem Friedhof, Gelatine mit seinen Selbstgesprächen und die eigenartige Stimmung, die über dem ganzen Nachmittag lag. Der aufgespießte Mistkäfer …

Als hätte sie Dalias Gedanken gehört, lässt sich Madame al Nour auf einen Stuhl fallen und sagt: »Taschenkontrolle.«

Dalia leert ihre Hosentaschen aus. Einen zerdrückten Sauerpommes (Cola) befördert sie in das Licht der fransigen Küchenlampe, eine halbe Handvoll Salz und: den verstorbenen Mistkäfer.

Madame al Nour sieht sich alles genau an. Sie schnuppert an dem Käfer und betrachtet den Sauerpommes mit ernstem Blick. »Warst du etwa *vorher* bei Birol?«

»Na ja«, verlegen reibt Dalia ihre Turnschuhe aneinander.

War das ein Fehler? Sie hat sich doch so bemüht, diesmal alles richtig zu machen. »Nur bisschen Proviant, Großmutter. Wegen der Konzentration!«

»Kummerkind. Hörst du wirklich niemals zu?! Lektion 9: *Die Wirkung des Salzes …* na?«

»*Die Wirkung des Salzes wird aufgehoben, mengst du Zucker herein*«, leiert Dalia herunter und schlägt sich die Faust an die Stirn. »Sch–«

»Husch!«

»Schade«, seufzt Dalia. Und: »Tut mir leid. Ehrlich.«

»Die Hände.«

Dalia streckt ihrer Großmutter die Finger entgegen.

»Gewaschen?«

»Natürlich nicht. Hältst du mich für eine komplette Anfängerin?«

Madame al Nour kneift die Augen zusammen und betrachtet Dalias Hände. »Hm, nun ja. Wir können es versuchen.« Dann schabt sie mit ihrem silbernen Löffel die Krümel von Dalias Haut. Salz, Friedhofssand und mikroskopische Hautschüppchen von Elvis Gursinski landen auf einem sauberen Blatt Papier. Dalia zündet die große Bienenwachskerze an, die in der Mitte des Tisches steht.

Madame al Nour nickt. »Und nun: Sprich die Worte.«

»Ich?« Dalia sieht ihre Großmutter verblüfft an. »Meinst du wirklich? Ich dachte –«

»Nicht lang denken, Kummerkind. Es ist *dein* Auftrag!«

Dalia rückt ihre Schultern gerade, nimmt das Papier und schließt die Augen.

»Aus der Stille. Aus der Dunkelheit. Mit dem Salz. Ins

Licht«, sagt sie und lässt die Krümel in die Flamme gleiten. Es knistert, es zischelt und dann steigt ein purpurnes Fünkchen auf und verpufft über der Zuckerdose.

Madame al Nours Miene bleibt unbewegt. Nur Dalia sieht enttäuscht aus.

»Er ist es nicht. Oder es hat nicht funktioniert?«

»Was hast du erwartet? Beim ersten Versuch einen Volltreffer? Du musst weiterforschen! Es gibt ja noch andere Personen in dem Haus ... Aber beeil dich! Ich spüre eine Veränderung in der Matrix.« Madame al Nour schließt die Augen. »Wo hab ich nur das Meerschweinchenschmalz? Frau Rogalski kommt gleich wegen ihrer Hühneraugen ... Und Kummerkind, denk dran, dich gut auf morgen vorzubereiten.«

»Darf ich jetzt doch wieder denken?«

Madame al Nour sieht ihre Enkelin scharf an. Dann ist die Sitzung beendet.

Oh. Meine. Göttin, denkt Dalia, als sie später am Abend in ihrem Bett liegt.

Ein weiterer Tag mit Gelatine Gursinski.

Das Zimmer am Ende des Flurs

Elvis sitzt in einer Asthöhle. Dunkel ist sie, aber gemütlich. Und groß genug, dass Mama, Baba und er alle zusammen darin wohnen können. Mama zeichnet hinten im Dunkeln. Jedenfalls hört Elvis ein kratzendes, schabendes Geräusch von dort. Wie von einem Stift auf einem harten Untergrund. *Schrapp-schrapp, schrapp-schrapp, schrapp-schrapp.* Und er sieht den flackernden Schein einer Kerze. Baba aber sitzt traurig draußen, auf dem Ast vor dem Eingang und fiept. Er klingt beinahe wie ein Eichhörnchen. *Fiep … fiep … fiep!* Sein Fiepen klingt traurig. Sehr traurig sogar. Moment mal, seit wann *fiept* Baba? Elvis hat den Gedanken kaum zu Ende gedacht, da sieht er, wie Fell aus Babas Ohren sprießt. Es wächst aus dem Kragen seiner Lederjacke heraus, wächst an seinem Hals hinauf und seine Handgelenke entlang, und bevor Elvis seinen Mund zu einem Schrei öffnen kann, ist sein Vater vollkommen mit grauem Fell überwachsen. Sogar Tasthaare hat er an der Nase! Erstaunt blickt der Eichhörnchen-Baba sich um und schnuppert.

»Baba?« Elvis' Stimmte zittert und ist viel zu leise. Baba dreht seinen Eichhörnchenkopf herum, doch er erkennt Elvis nicht. Der Eichhörnchen-Baba zuckt mit den Ohren und keckert laut. Dann ist er zwischen den Zweigen des Baumes verschwunden. Elvis will hinterher, will Baba einholen, ihm sagen, dass er doch kein echtes Eichhörnchen ist, sondern sein Vater, Sedat Gursinski! Doch seine Hände und Füße gleiten an dem Stamm des Baumes ab, er findet keinen Halt und Baba, mit Eichhörnchen-Krallen an Fingern und Zehen, ist längst außer Sichtweite. Elvis greift nach einem Ast – und greift ins Leere. »Mama! Baba!«, schreit er, doch niemand hört ihn.

Und so fällt Elvis.

Er fällt und fällt in eine bodenlose Tiefe hinein.

Elvis erwacht mit einem Ruck. In seinem Mund ist schon wieder dieser komische Geschmack. Er muss vollkommen verschlafen haben, es ist mittagshell.

»Fiep … fiep … fiep …«

Das Geräusch kommt nicht aus dem Pappkarton, in den er Küçüks Schlafanzugnest gestern gelegt hat. Es kommt von weiter weg …

»Fiep!«

Küçük hat Angst, das hört Elvis deutlich. Große Angst. Ihr Fiepen klingt jämmerlich. Und furchtbar klein.

Und es kommt eindeutig von oben, aus dem zweiten Stock.

»Mama?«, ruft Elvis, doch es kommt keine Antwort. Vermutlich zeichnet sie schon wieder. Oder immer noch. Es hilft nichts, er muss sich wohl selbst darum kümmern. Elvis rappelt sich auf, streift sein Hemd von gestern über und schlüpft in Hose und Sandalen.

»Fiep!«

Leise tritt Elvis in den Flur und geht vorsichtig, damit die Stufen nicht knarren, die verwinkelte und viel zu steile Holztreppe hinauf in den zweiten Stock. Er war nicht mehr hier oben seit … Hier oben ist alles leer, bis auf Wollmäuse und Staub und Insektenflügel auf den Fensterbrettern.

»Küçük?«, flüstert Elvis.

Es ist wärmer hier als im Rest des Hauses. Die Luft ist abgestanden und riecht nach Holz.

»Fiep, fiep, fiep!«

Das Winseln kommt von der anderen Seite des Ganges. Elvis Sandalen hinterlassen eine Spur in der feinen Staubschicht, die auf dem Holzboden liegt. Spuren von Küçük gibt es keine. Doch sie muss in einem der hinteren Zimmer sein, zumindest kommen die Geräusche von da. Elvis schaut zuerst im Eckzimmer nach. Es ist leer. Die nächsten Zimmer sind ebenfalls leer und Elvis muss niesen von vielen Staubflusen, die er aufwirbelt. Er presst seine Nase mit den Fingern zu, er muss jetzt ganz leise sein! Da sieht er es: Die Tür des Zimmers am Ende des Flurs ist nur angelehnt. Elvis hört Küçük jetzt ganz deutlich, hört ihre kleinen Schnauf- und Atemgeräusche. Er geht weiter. Ganz langsam. Schritt für Schritt.

Auf einmal spürt er sein Herz. Es arbeitet laut und drängend. Poch. Poch. Wie, wenn er in der Schule drankommt und alle gucken ihn an und er hat überhaupt keine Ahnung, was eigentlich die Frage war ... *GNAAR!* Eine Diele knarzt ihn in die Gegenwart. Elvis fährt zusammen. In diesem Moment stößt Küçük einen geradezu jämmerlichen Fiepston aus. Elvis ist am Ende des Flurs angekommen. Wie von selbst, ohne dass Elvis etwas dagegen tun kann, hebt sich sein Arm und sein Zeigefinger tippt gegen die Tür. Sie geht sofort auf.

Durch das runde Fenster fällt Sonnenlicht in das kleine Zimmer. Staubfasern tanzen in der Luft. Gegenüber an der Wand steht die Seemannskiste. Rechts ist der große, alte Schrank aus dunklem, fast schwarzem Holz. Der Spiegel an seiner Tür ist fleckig. Küçük hockt auf der Schulter einer zierlichen Schneiderpuppe und starrt hinein. Ihre Augen sind weit geöffnet, sie hat die Pfoten ausgestreckt und ihr kleiner Leib ist vollkommen regungslos. Nur ihr buschiger Schweif wippt hektisch hin und her, ein eindeutiges Zeichen von Alarmbereitschaft. Dabei fiepst sie ganz erbärmlich. Noch hat sie Elvis nicht bemerkt.

»Küçük«, will Elvis flüstern, ganz leise, doch es kommt kein Ton aus seinem Hals heraus. Ganz trocken ist der und sein Brustkorb ist auch viel zu klein für dieses laut rackernde Herz, und dann ist da noch die ganze Atemluft, die gar nicht mehr aus ihm herauswill, und alles ist viel zu eng in ihm drin. Poch. Poch. Elvis probiert es noch mal: »Küçük?« Jämmerlich klingt es. Leise, zittrig und gar nicht nach Elvis. Aber Küçük hat ihn gehört.

Mit einem Satz schießt das Eichhörnchen an Elvis' Brust und krallt sich an seinem Hemd fest. »Autsch! Küçük!« Elvis stolpert rückwärts. Küçük ist nicht schwer, doch die Wucht ihres Sprungs hat er nicht erwartet und ihre Krallen sind höllisch scharf. Panisch sucht Küçük nach Halt, reißt dabei an Elvis Haaren und an seiner Kleidung und bleibt schließlich in seinem Hemd hängen. Dabei keckert sie die ganze Zeit aufgeregt in sein Ohr.

»Küçük! Au!« Elvis versucht, Küçük von sich abzupflücken. Doch wer schon einmal versucht hat, ein panisches Eichhörnchen aus einem Stück Stoff zu lösen, weiß, dass das nicht so einfach ist. Rückwärts stolpert Elvis aus dem Zimmer, die Augen auf den Schrank gerichtet. Mit der einen Hand hält er Küçük und streichelt ihr beruhigend über den Rücken. Mit der anderen Hand schnappt er die Türklinke und knallt die Tür fest zu.

Das Pochen ist immer noch in ihm drin, doch er kann wieder ein bisschen besser atmen. Wie es eben so ist, wenn jemand noch größere Angst hat als man selbst. Elvis hält Küçük fest, während er vorsichtig die steile Treppe hinuntersteigt. Er summt und streicht Küçük beruhigend über das Fell, bis der schnelle Herzschlag des kleinen Wesens und sein eigenes dröhnendes Herz sich beruhigen und Küçüks kleiner Körper aufhört zu zittern. Später, als Küçük sich so tief in ihrem Karton in Elvis' Schlafanzug verkrochen hat, dass nur ihr zitterndes Näschen hervorguckt, als sie gleichmäßig atmet, knöpft Elvis sein Hemd auf. Fünf lange, tiefe Kratzer findet er auf seiner Brust und ein bisschen getrocknetes Blut. Immerhin lenkt das Brennen auf seiner Haut ihn davon ab, darüber nachzudenken, was Küçük in dem alten Spiegel gesehen haben könnte …

Alle guten Dinge sind blablabla

Mama antwortet nicht mal, als Elvis mit Küçük im Karton unter dem Arm vor dem Zeichenzimmer steht und nach Pflaster fragt.

»*Schrapp, schrapp*«, das ist die einzige Antwort, die er bekommt.

»*Schrapp, schrapp.*«

Oh je. Elvis weiß, was das zu bedeuten hat

Die *Warte-kurz-ich-bin-mitten-in-einer-Idee-Mama* ist zurück. Aber so was von.

Vermutlich eher sogar die *Sorry-Knuffelchen-aber-ich-kann-weder-essen-noch-irgendwas-hören-bis-ich-hier-mit-verdammt-noch-mal-fertig-bin-Mama*.

Also geht Elvis in die Küche, sucht in Schubladen und klebt ein Stück Taschentuch mit Klebeband auf die Stelle, wo Küçük ihn in ihrer Panik gekratzt hat. Zur Desinfektion nimmt er vorsichtshalber einen Löffel Maulbeersirup ein.

Küçük schnarcht derweil leise in ihrem Pappkarton. Er nimmt sie mit hinaus auf den Friedhof.

Elvis muss plötzlich an Madame al Nours Pelzkragen denken. Was für ein Tier ist das wohl, das sie da um ihren Hals trägt? Nerz? Zobel? Doch nicht etwa … *Eichhörnchen?!* Man munkelt ja, dass Madame al Nour seltsame Dinge bewerkstelligen kann. Elvis hat einmal gehört, wie sich zwei Frauen bei Birol über die alte Dame unterhielten. Die eine hat sich von ihr die Warzen am großen Zeh besprechen lassen und schwor, dass Madame al Nour eine wahre Expertin auf dem Gebiet sei. Die andere wusste quasi aus erster Hand, dass Madame al Nour mit Hilfe eines Liebestrankes dafür gesorgt hatte, dass sich der Cousin des Bruders vom Schwager ihrer Nachbarin ein Mädchen angelte, das so reich war, dass die beiden sogleich nach Dubai gezogen sind und jetzt in einem Palast mit drei Swimmingpools wohnen. Birol hat die Augen verdreht und abgewunken. »Hör nicht, was die Leute sagen, nimm dir lieber ein Sauerpommes, der Herr. Ist bio!«, sagte er und hat Elvis das Glas hingehalten.

Wieder auf dem Friedhof stellt Elvis Küçüks Karton in die Schubkarre. Er schiebt Küçük bis zur alten Eiche und hält vor dem Lavendelbusch, den er neben den großen

Feldstein gepflanzt hat. Er bückt sich und hebt eine der abgerissenen Blütenrispen auf. Dann greift er in den Karton und krault Küçük durch das Frottee hindurch.

»Küçük?«

Eine kleine Nase kommt aus dem Frottee hervor. Elvis hält ihr den Lavendelzweig hin. Küçük schnuppert, dann zwitschert sie, schnuppert wieder, klettert aus dem Karton heraus und hüpft aus der Schubkarre. Schon saust sie zwischen Elvis' Beinen herum.

Der Boden unter der Eiche ist übersät mit Eicheln, Zweigen und Lavendelblüten. Dazwischen liegt der abgebrochene Ast mit Küçüks Nest darin. Küçük flitzt auf dem Ast hin und her, steckt ihren Kopf in das Astloch und schnuppert an dem, was von ihrem Zuhause übrig ist: Gräser, Halme, etwas Reisig. Der Ast muss direkt auf den Stein gekracht sein, er ist genau in der Mitte durchgebrochen. Küçük hüpft hinunter und prüft die Eicheln, die am Boden liegen. Emsig trägt sie die reifen Exemplare zu einem Vorratshäufchen zusammen. Elvis setzt sich unter den Baum und riecht an seinen Fingern. *Lavendel, hmmm.* Küçük keckert fröhlich, sammelt und gräbt, flitzt umher. Wenigstens eine mit guter Laune.

»Oh. Meine. Göttin.«

Elvis linst zwischen seinen Haarsträhnen hindurch nach oben. Vor ihm steht Dalia. Mit einem verzückten Ausdruck im Gesicht starrt sie Küçük an.

»Ich hab ein Eichhörnchen entdeckt, ich hab tatsächlich ein Eichhörnchen entdeckt!«, flüstert sie.

»Du hast sie nicht entdeckt. Küçük gehört mir«, entgegnet Elvis so barsch, dass er sich über sich selbst wundert.

»Tiere gehören niemandem«, sagt Dalia knapp. »Sagt meine Oma.«

»Sicher. Deshalb trägt sie auch einen Pelzmantel mit Kopf spazieren.« Elvis bereut die Worte, kaum dass er sie ausgesprochen hat. Was ist nur los mit ihm? Ist er vollkommen lebensmüde? Vorsichtshalber duckt er sich. Bestimmt kriegt er gleich eine Klatsche. So *kann* er nicht mit Dalia reden!

Hm.

Komisch.

Offenbar kann er.

Dalia hat offenbar beschlossen, so zu tun, als habe sie nichts gehört.

Sie klaubt eine grüne Eichel vom Boden und hält sie Küçük hin. Natürlich lässt Küçük sich nicht mit unreifer Beute locken, aber Elvis ist lieber still. Dalia versucht es mit Schnalzen – keine Reaktion. Ratlos steht sie da.

Und dann klettert Küçük an Dalia hinauf. Einfach so.

»Verräterin«, knirscht Elvis. Er kann es sich nicht verkneifen.

Küçük blinzelt ihn an, dann schmiegt sie sich an Dalia und lässt sich streicheln.

»Das nennt man *natürlichen Instinkt*«, sagt Dalia und lächelt noch verzückter als zuvor.

»Küçük!«, sagt Elvis streng.

Küçük rührt sich nicht.

Dalias krault sie hinter den Ohren, das *liebt* Küçük. Elvis beißt sich auf die Unterlippe.

»Küçük heißt *klein*, oder?«, fragt Dalia mit Unschuldsmiene. »Klein …*chen*?«

»Hm.«

»Bist du jetzt sauer?«

»Hm.«

»Ach komm schon, Gelatine.« Dalia lässt sich neben Elvis auf den Boden gleiten. »Sei nicht knausrig. Es gibt genug Liebe für alle!« Sie seufzt zufrieden und lehnt sich an den Feldstein. Doch kaum hat ihr Rücken den Stein berührt, sträubt Küçük das Fell. Das Eichhörnchen streckt seine Ärmchen und Beinchen von sich und versucht mit aller Kraft, Dalias Griff zu entkommen.

Küçük faucht sogar.

Und kratzt.

Erschrocken lässt Dalia das Tier los.

»Aua, ey! Spinnt die?« Dalia reibt sich das Schlüsselbein.

Küçük saust über den Boden und springt in das Kartonnest neben der Schubkarre. Jetzt ist nichts mehr von ihr zu sehen. Nur ein klägliches Fiepen kommt aus dem Karton.

Dalia ruckt mit den Schultern. »Siehst du, Gelatine? Tiere sind Tiere. Sie sind frei und sie gehören uns nicht. Und sie haben ihren eigenen Willen.« Sie steht auf und klopft sich den Sand von der Hose. Und dann sagt Dalia das Schreckliche. Sie sagt: »So. Jetzt hab ich dramatisch Durst und muss aufs Klo und langweilig ist mir auch. Gehen wir rein?«

»Äh ... *rein*? Zu mir? Du meinst ins Haus? Wo ich *wohne?*« Bevor Elvis sich überlegen kann, was er auf Dalias Vorschlag am besten entgegnen soll, sind die Wörter auch schon aus ihm herausgepurzelt.

Dalia guckt Elvis an, als würde sie ihm gleich *Gagaismus* attestieren. Vermutlich auch *Crazynessmess*. Und *Verrückteritis* sowieso. Und wenn schon. Wer bitte schön ist denn nichts von alledem? Elvis jedenfalls kennt niemanden, der das ist, was fantasielose Menschen als *normal* bezeichnen.

»Äh ... *jaaa?!*«, sagt Dalia und macht ihren Dalia-Blick. Den, mit dem sie sonst Vertretungslehrerinnen ins Schwitzen bringt.

»Nein, äh, neinneinnein!«, stottert Elvis. »Stopp, weil, äh, das geht nicht! Meine Mutter will nicht gestört werden und drinnen ist es, also, das ist auch gar nicht aufgeräumt und so ...«

Elvis merkt selbst, wie lahm das klingt.

Dalia nickt verständnisvoll. Elvis ist fast schon erleichtert. Dann sagt sie: »Vorschlag, Gelatine. Gewinne ich, machen wir uns drinnen was Gutes zu trinken und du stellst mir deine Erwachsenen vor. Du zeigst mir das Haus und wir trinken was und –«

»*Gewinnen?* Was denn? Wobei?« Elvis ist vollkommen verwirrt. Er hat nicht die geringste Ahnung, wovon Dalia spricht.

»Mönsch, Gelatine. *Grabstein-Battle* natürlich!«, sagt Dalia mit Vertretungslehrer-Stimme. »Ich drei, du drei, denn aller guten Dinge sind blablabla. Schecki? Ich suche aus, du fängst an!«

10

Albert Odelfing zu Mottenstarr

Elvis trottet mit gesenktem Kopf hinter Dalia her.

Grabstein-Battle!

Drei Geschichten!

Wie hatte er sich nur auf so was einlassen können?

Am liebsten würde er weinen. Warum nur, warum hat er eingewilligt? Aber es ging alles viel zu schnell. Dalia hat ihn vollkommen überrumpelt, sie hat in ihre Hände gespuckt, ihm die Hand gereicht, »Es gilt!« gesagt – und *peng*: Jetzt geht es auch schon los.

Dalia überquert gut gelaunt den Friedhof und lässt siegessicher ihren Zopf wippen. Hier und da bleibt sie vor einem Grab stehen, liest, schüttelt den Kopf und geht weiter. Elvis folgt ihr bis zu einem ovalen Sandstein mit dunklen Buchstaben. Dalia lächelt und nickt. Dann setzt sie sich ins Gras, in den Schatten der Zierkirsche. Hier liegt Elvis öfter zur Mittagszeit. Manchmal schläft er unter dem Baum ein und träumt von Baisers, so leicht, dass sie beinahe davonschweben, und von Zitronenschaum, so süßsäuerlich, dass Elvis allein bei dem Gedanken daran die Spucke in den Mund läuft. Er nimmt sich jedes Mal fest vor, die Rezepte aufzuschreiben. Doch sobald er richtig wach ist, hat er alles vergessen.

»*Albert Odelfing zu Mottenstarr!*«, verkündet Dalia.

Sie klingt, als würde sie eine Show anmoderieren.

Na ja, ein bisschen ist es ja auch so.

»Erste Runde: Elvis Gursinski. Und bitte!«

Elvis hat wirklich überhaupt keine Lust, aber *Schwur mit Spucke* ist *Schwur mit Spucke,* und außerdem bezweifelt er, dass eine ausgedachte Geschichte von Dalia gegen die Wahrheit ankommt. Also räuspert sich Elvis und beginnt zu erzählen:

Albert Odelfing zu Mottenstarr wuchs in einer angesehenen Familie in Ostpreußen auf. Seine Eltern waren zwar adelig, doch hatten sie wenig Geld, und Albert musste schon früh mithelfen, seine Familie über die Runden zu bringen. Er arbeitete als Aushilfe in einer Konditorei in Königsberg. Die Spezialität des Hauses war die Liegnitzer Bombe, eine magenschwere Lebkuchen-Schokoladen-Verbindung mit Rosinen und Rum, deren Rezept der Konditor aus dem heimatlichen Schlesien mitgebracht hatte. Der Konditor, ein freundlicher Mann namens Ogo Hüttenstedt, merkte bald, dass der kleine Albert eine Konditorenseele hatte. Allein durchs Zusehen hatte sich der Junge alles gemerkt, was ein Konditor über die Verbindung von Zimt und Kardamom, Nelken und Rosenwasser, Ingwer, Salz, Pfeffer, Kakaobohnen und Pottasche, Arrak und so weiter wissen musste. Und so begann er, eigene Törtchen herzustellen. Zuerst heimlich, nach Schichtende im Lagerraum der Konditorei. Doch nachdem der alte Ogo eines Nachts von einem köstlichen Geruch geweckt worden war, der ihn aus seinem über der Backstube liegenden Schlafzimmer in die Konditorei führte, wo er hinter einigen zu einem Schutzwall aufgetürmten Säcken Mehl den kleinen Albert, er war damals übrigens 13 Jahre alt, fand, der sich über einen Mörser beugte, in dem er Zitronenschalen und geheime Kräuter zu einem einzigartigen Pulver verrieb, da wusste er, dass seine Nachfolge gesichert war. Er nahm Albert offiziell in die Lehre und die kleine Konditorei gelangte mit Alberts Erfindung, einer besonders schmackhaften Kreation, die er Ozeantorte nannte, beinahe zu Weltruhm – wäre nicht der Weltkrieg dazwischengekommen. Albert Odelfing zu Mottenstarr rettete einigen seiner Kameraden mit den detaillierten Beschreibungen seiner luftigen Baisers, seiner cremigen Törtchen und würzigen Schokoladenkuchen den Verstand, als sie im sibirischen Winter im Schneematsch lagen und Wetten darüber abschlossen, ob sie wohl zuerst erschossen, von einer Granate zerfetzt oder erfrieren würden. Es wurde die Granate, sie schlug direkt neben Albert Odelfing zu Mottenstar ein und nahm ihm nicht nur seine besten Freunde, Günter und Erich, sondern auch seinen Geruchssinn. Albert konnte fortan weder schmecken noch riechen, und so nahm er, als er aus der Kriegsgefangenschaft in eine fremde Stadt kam, eine Stelle als Fabrikarbeiter an. In der Fabrik lernte er eine junge Frau namens Elfriede Schumschill kennen, die zufälligerweise aus der gleichen Gegend stammte wie er. Sie war damals sogar in der kleinen Konditorei in Königsberg gewesen und hatte ein Stückchen Ozeantorte gekostet. Sie verliebte sich sofort in ihn, doch …

»Lang-wei-lig!«, dröhnt Dalia. »Gelatine, ey. Was für eine modrige Kartoffelstory! Krieg, Nazisoldaten, *Liebe* – irks. Fällt dir nichts anderes ein? Überhaupt: Warum war der Junge nicht im Widerstand? Also, ich hätte sie damals alle platt gemacht. BÄM!« Damit Elvis auch wirklich begreift, was mit *BÄM* gemeint ist, setzt Dalia ein lautes »RATTATTATATT!« hinterher.

Ein Grashüpfer springt erschrocken davon.

Elvis weiß nicht, ob das mit den Turnierregeln vereinbar ist: unterbrechen, dazwischenreden … aber es ist vermutlich egal. Dalia wird sowieso versuchen, die Sache zu ihren Gunsten zu drehen.

»Nee, nee, nee, Gelatine. Die Sache war *vollkommen* anders«, verkündet Dalia, »und zwar so:«

Albert Odelfing zu Mottenstarr war der oberstrange Sonderling der Familie, Gelatine. Schecki? Seine Eltern waren reiche Grafen und hatten komplett viel Kohle. Der Rücken seiner Mutter war ganz krumm, weil das Goldmedaillon, was sie jeden Tag um den Hals trug, so schwer war. Deshalb musste sie auch am Stock gehen. Aber es war nicht irgendein Stock, er war mit Diamanten besetzt und hatte einen goldenen Griff. Ja. Genau so wars. Der kleine Albert also war komplett verwöhnt, denn er war das einzige Kind der Familie. Seine Eltern waren schon total alt gewesen, als er endlich auf die Welt kam. Jedenfalls wurde der kleine Putsiputsi extrem verzärtelt und lernte erst mit sieben Jahren laufen, weil er immer in einem von Schoßhunden gezogenen Wägelchen herumgefahren wurde. Als unser Albertchen 13 Jahre alt war, wurde sein Vater als Botschafter nach Damaskus geschickt. Albert ging es ab jetzt komplett gut. Er lernte Arabisch und in Damaskus gefiel es ihm viel besser als in diesem komplett tristen Königsberg, wo es jeden Tag nur Buletten und Kartoffeln zum Essen gegeben hatte und es das ganze Jahr über nieselte. Albert blühte zur Freude seiner Eltern auf und wurde ein neuer Mensch. Er genoss die guten Speisen, die Musik, die würzige Luft, die Sonne und die Herzlichkeit der Menschen des Landes. Er wurde richtig fröhlich und ging auf die Leute zu. Seine blonde Königsberger Haarpracht kam auch sehr gut an in Damaskus. Er konnte alles haben, was er wollte, und so kam es, dass ihm irgendwann alles komplett langweilig wurde. Nichts schmeckte ihm mehr, nichts entzückte ihn. »Boahhhhh, laaangweiiilig!«, sagte er ungefähr dreihunderteinundfünfzig Mal am Tag. Dann, als er eines Tages über den Markt ging, bemerkte er einen alten Mann, der in der Ecke saß. Er war barfuß und trug nur ein weißes Tuch um den Leib geschlungen. Ich will ihm helfen, dachte sich Albert Odelfing von Mottenstarr, der arme, alte Mann. Und so ging er nach Hause, holte all sein Geld und sein Geschmeide und brachte es dem alten Mann. Doch zu Alis – der Gute nannte sich inzwischen übrigens Ali – Verwunderung wollte der alte Mann seinen Reichtum nicht haben. Ich bin glücklich, sagte er, ich brauche nichts. Das versetzte unseren Ali natürlich in großes Erstaunen. Voll krass!, sagte er sich, der Alte soll mich lehren, glücklich zu sein! Und zum Entsetzen seiner alten Eltern wurde aus Albert Odelfing zu Mottenstar Ali der Glückliche, der bis zu seinem Lebensende fastete und halbnackt durch die Gegend hüpfte. Bis er 1977 bei einer Wanderung durch die Wüste von einem Skorpion gebissen wurde und seine Seele in unbekannte und ferne Gefilde weiterzog. Seine einzige lebende Verwandte, seine Cousine Alberta Odelgunde zu Mottenstarr, die auf sein Leben als Ali der Glückliche komplett neidisch war und obendrein total sauer, weil er das gesamte Familienerbe an ein Waisenhaus in Damaskus gespendet hatte, rächte sich an ihm, indem sie seine Leiche zurückbringen und auf diesem tristen Friedhof unter seinem alten Kartoffelnamen verbuddeln ließ. Ende der Geschichte. BÄM!

Dalia blickt Elvis triumphierend an. »Na?!

Moment, ist das etwa ein leises Kichern, das da aus dem Grab von Albert Odelfing von Mottenstarr kommt? Mag er Dalias Geschichte am Ende auch lieber als die echte? Elvis fühlt sich irgendwie verraten. *Nazisoldaten* gegen *Ali der Glückliche*. Schon klar. Aber ist ja nicht so, als ob er sich das ausgedacht hätte.

Ladislaus Skappo

Auf der Suche nach einem geeigneten Namen für die zweite Runde *Grabstein-Battle* hat Dalia Elvis ziemlich nah an das Haus herangelotst. Sie bewegt sich wie ein Raubtier. Geschickt ist sie, das muss Elvis ihr lassen. Sie hat ihn abgelenkt mit der Erörterung der Frage, ob die grünen oder die blauen Sauerpommes die besten sind. Oder Cola!

Cola, denkt Elvis.

Und: *Nervös.*

Eindeutig.

Aber das kann ja gar nicht sein.

Dalias Blick wandert immer wieder zu dem alten Friedhofsgärtnerhaus. Der weiße Putz bröckelt ab, es sind auch einige feuchte Stellen zu sehen. Sie sieht zu dem runden Fenster, oben im Zweiten. Und zur Terrassentür. Es ist ein verstohlener und zugleich forschender Blick. Hinter der Terrassentür aber sitzt Mama im Zeichenzimmer. Und das komische *schrapp-schrapp, schrapp-schrapp, schrapp-schrapp* ist noch schneller und kratziger geworden. Zeichen-Idee plus Kamillentee-Entzug – nein, so darf Dalia seine Mutter auf gar keinen Fall zu Gesicht bekommen!

»Komm«, sagt Elvis knapp und macht eine Kehrtwende. Mit schnellen Schritten marschiert er ans andere Ende des Friedhofs. Hier sind die Gräber unauffällig, die Steine klein, die Kreuze schlicht. Diesmal ist es Dalia, der nichts anderes übrigbleibt, als ihm zu folgen. Bei einem zierlichen Holzkreuz bleibt Elvis stehen.

»Ladislaus Skappo«, sagt er laut. Und: »Zweite Runde. Dalia al Nour.«

Dalia räuspert sich und beginnt sofort:

Ladislaus Skappo! Öhrchen spitzen, Gelatine! Ladislaus Skappo himself war ein einarmiger, extrem gut aussehender Gitarrist, der nach einem superkrassen Unfall in seiner Kindheit, bei dem der Dobermann eines Gutsbesitzers, ein stromgeladener Stacheldrahtzaun und ein geklautes Suppenhuhn beteiligt waren, und einem überhaupt extrem melodramatischen Leben – jede Hollywoodproduzentin würde mir sofort die Rechte abkaufen, Gelatine! Jedenfalls … Wo war ich? Ach ja, er wurde der Star einer Jazzband. Ladislaus Skappo komponierte so traurige Lieder, dass selbst die Vögel am Himmel weinten, und so kam es, dass es in jeder Stadt, in der Skappo auftrat, regnete. Wegen der Feuchtigkeit bekam er Gicht in den Gelenken. Er konnte nicht mehr spielen, wurde extrem schwermütig und hustensaftabhängig. Skappo starb an musikalischer Unterversorgung einsam und allein in einem Krankenhaus hier ganz in der Nähe. Virchow, glaub ich. Seine Gitarre wurde von der alleinerziehenden Nachtschwester bei einem Trödler gegen eine elektrische Käse-Toast-Maschine eingetauscht und da verliert sich jede Spur. Aber der kleine Sohn der Nachtschwester hatte Glück, dass er sich nun immer etwas Warmes zubereiten konnte, wenn seine Mutter auf Arbeit war. Ende der Geschichte.

Dalia sieht extrem zufrieden mit sich aus. Sie schielt in Richtung Haus. Vermutlich sieht sie sich schon mit einem Glas kalter Limonade mit Eiswürfeln und Zitronenscheibchen darin in der Hand von Zimmer zu Zimmer spazieren.

Es ist komisch. Etwas von dem, was Dalia erzählt hat, kommt Elvis bekannt vor. Hat Baba nicht eine CD von einem, bei dem es so ähnlich gewesen war? Oder war es ein Film? Oder beides? Elvis kniet sich vor das Grab. Die Wegwarte scheint den Umzug hierher gut verkraftet zu haben. Elvis drückt die Erde um die Wurzeln etwas fester.

»Na, was? Gibst du dich geschlagen, Gelatine? Gib es ruhig zu: Ich bin einfach *zu* gut.«

Elvis seufzt. Er schüttelt einen Stein aus seiner Sandale. Und dann erzählt er Dalia die wahre Geschichte von Ladislaus Skappo:

Ladislaus Skappo ist damals in seiner Heimat ein geschätzter Künstler gewesen. Als melancholischer Clown hat er alte und junge Menschen zum Staunen gebracht, und manch ein besonders abgebrühter Kerl war nach der Vorstellung ganz weich innen drin und wusste nicht, wie ihm geschehen war. Doch es war nicht einfach, zu leben von dem Geld, dass er für seine Vorstellungen bekam. Eine Weile hielt sich Ladislaus Skappo noch als Kunstfurzer über Wasser. Er –«

»What?!« Dalia unterbricht Elvis abrupt. »Sorry, aber – was? *Furzer?*«

»Ähm.« Elvis ist die Geschichte auf einmal peinlich.

Dalia muss ja denken, *er* habe sich die Sache ausgedacht!

Vielleicht hätte er diesen Teil von Skappos Leben lieber weglassen sollen? Andererseits, so ist es nun mal gewesen …

Na ja, ja. Kunstfurzer. Das gibt es wirklich. Das kam so: Skappo merkte eines Tages zufällig, dass er eine besondere Begabung hatte. Er hatte nicht nur die Fähigkeit, die Luft aus seinem Ar–

»Anus.«

»Wie bitte?« Jetzt unterbricht Dalia ihn schon zum zweiten Mal!

»Ich wollte dir nur bei einer gewählten Ausdrucksweise behilflich sein, Gelatine. Aber ist gut«, Dalia zieht sich einen imaginären Reißverschluss am Mund zu. »Iff bim wefpft spill.«

Na gut. Weiter also...

Ladislaus Skappo hatte also nicht nur die Fähigkeit, Luft aus seinem ... na gut: Anus ... hinauszulassen, er konnte sie auch hineinsaugen. Und zwar ganz schön viel Luft. Und er stellte fest, dass er sie sogar kontrolliert entweichen lassen und somit Töne erzeugen konnte. Laute, leise. Pfeifen, Donnergrollen, Kanonenkugeln. So was. Ein Furzkonzert, gewissermaßen.

Elvis muss fast lachen, so ungläubig sieht ihn Dalia jetzt an.

Skappo musste bald feststellen, dass seine Furzdarbietungen noch besser beim Publikum ankamen als die zarten Clownsnummern mit Gefühl. Die Leute kreischten und grölten und warfen ihm haufenweise Geldstücke in den Hut. Doch Skappo war dieses Geld zuwider. Ihm war das grobe Lachen der Menge zuwider und dass die Leute ihm auf der Straße zuriefen: »Ladi! Ach, furz uns noch einen!«

Also folgte Ladislaus Skappo dem Ruf des Mannes in dem schicken Anzug, der eines Tages in seinem kleinen Ort auftauchte. Gute Männer brauche er, hieß es. Für den Bau. Ein luxuriöses Einkaufszentrum, drüben im Westen. Also hier bei uns, in Berlin. Ein guter Mann, das war Ladislaus Skappo natürlich. Und Geld konnte er auch brauchen, um es einzutauschen, gegen Dinge, die seine bald größer werdende Familie benötigen würde. Also sagte er seinen Weltliebsten Adieu, verstaute seine Tränen in seinem Kehlkopf und ließ sich in einem klapprigen Transporter zusammen mit dreißig anderen guten Männern über die Grenze bringen. Die Arbeit auf der Baustelle war hart, schmutzig und gefährlich. Die Arbeiter durften keine Pausen machen und Helme bekamen sie auch nicht. Als Skappo schließlich nach sechs Wochen dünn wie ein Hering, mit schwieligen Händen und schmerzendem Rücken in der Lohnschlange stand, hieß es, es würde nun doch kein Geld geben und ihre Pässe seien sowieso auch verloren gegangen und überhaupt, die illegalen Hilfskräfte sollten sich besser davonmachen, bevor er, der Mann im schicken Anzug, die Polizei verständigen würde. Skappo konnte ohne Pass und ohne Geld natürlich nicht heim zu Frau und Tochter. Er versuchte es eine Weile als Clown auf der Straße, doch hier hatten die Leute keine Herzen oder keine Augen für ihn. Und seine Tränen, die kamen auch erst viel später heraus aus Ladislaus Skappo. Nämlich, als ihm klar wurde, dass er diese fremde Fußgängerzone nicht mehr verlassen würde. Lebendig zumindest nicht …

Ein verrotzes Schniefen holt Elvis aus dem tristen Grau einer verregneten Westberliner Fußgängerzone zurück auf den Friedhof. »Gelatine. Du deprimierst einen ja komplett«, krächzt Dalia und fährt sich mit dem Handrücken über die Nase. »Echt mal! Was ist los mit dir? Wozu denkt man sich Geschichten aus, wenn sie die Leute bloß traurig machen? Was ist der Sinn der Sache?«

Elvis zuckt mit den Schultern. So ist es nun mal gewesen.

Dalias Stimme klingt noch immer rau: »Ich würde sagen, die Runde ging wieder *ein-deu-tig* an mich. Ich meine: Einarmiger Jazz-Gitarrist, der den Himmel zum Weinen bringt, versus die triste Realität mit der alltäglichen Ausbeutung schutzloser Arbeitsmigranten!? Außerdem ist deine Story voll die Klischeebombe. Also: Ab ins Haus!«

Wo Dalia immer ihre Wörter herhat … *schutzlose Arbeitsmigranten, Klischeebombe.* Doch Elvis spürt, dass es Ladislaus Skappo gefällt. Nicht die Wörter, nein, ihm gefällt, was Dalia über den weinenden Himmel gesagt hat.

Ihm gefällt Dalias Geschichte.

Und ist es nicht auch so gewesen, dass er mit seiner

Kunst Gefühle in allem weckte, was verhärtet gewesen war? Vermutlich will Skappo gar nicht, dass man sich an ihn als *schutzlosen Arbeitsmigranten* oder gar als Kunstfurzer erinnert. Vielleicht will er viel lieber der Mann sein, der den Himmel zum Weinen brachte.

Das kann Elvis verstehen. Trotzdem darf er Dalia nicht gewinnen lassen.

»Ah, Mist! Gelatine!«, ruft Dalia nach einem Blick auf ihre Armbanduhr: »Drei nach fünf! Verdammt! Ich muss! Erklär ich morgen!« Dalia rast davon, dass der Friedhofssand aufwirbelt. Auf halber Strecke zum Tor dreht sie sich noch mal um und schreit über den ganzen Friedhof: »Zweite Runde deine, erste geht an mich! Morgen Entscheidung!«

Elvis weiß nicht genau, ob er erleichtert sein soll oder das Gegenteil davon.

Er ist sich nicht mal sicher, was das Gegenteil von Erleichterung überhaupt ist.

Panik?

Sprechstunde bei Latifa al Nour

Als Dalia zu Hause in der Turiner ankommt, steht ihre Großmutter fluchend im Flur und versucht vergeblich, den Reißverschluss an ihrem Rücken zuzukriegen. »Da ist sie ja endlich«, ächzt sie. »Siebzehneinhalb Minuten zu spät! Die Vorbereitungszeit nicht mitgerechnet …«

»Gewiss, meine Liebe. Gewiss«, knurrt ein feines Stimmchen. Zazie.

»Sorry«, keucht Dalia. »Ging nicht anders. Auf der Treppe warten Frau Özmen und Herr Hildebrandt.«

Dalia verbeugt sich vor dem Hausaltar in der Nische über dem Gaszähler. Den Mittelpunkt des Altars bildet ein handtellergroßes Gemälde in einem verschnörkelten Holzrahmen. Es zeigt eine Frau mit stolzem Blick und muskulösen Beinen. Über ihren Brüsten und um sie herum liegen prachtvolle Rosengewinde. Sie trägt pinke Boxhandschuhe und einen langen, nachtfarbenen Umhang mit einem geheimnisvollen Muster darauf. Um sie herum glänzt ein goldener Schimmer. Vor dem Bild liegen eine Zigarette, ein paar Münzen, eine Schale mit Obst und ein Glas mit Schnaps. Es ist Dalias Aufgabe, dafür zu sorgen, dass der Altar immer frisch bestückt ist.

Madame al Nour dreht ihrer Enkelin den Rücken zu, damit sie den Reißverschluss zuziehen kann. Ein *Ritsch!* und er ist oben. Madame al Nour betrachtet sich im Spiegel. Sie trägt ein schwarzes Kleid mit Glitzer und ein Stirnband mit Leopardenmuster. Ihre Nägel sind heute schillernd grün. Sie schüttelt ihre Hände aus, dass die Ringe klackern.

Dalia liebt die Ringe ihrer Großmutter. Besonders den mit dem goldenen Totenkopf. So einen möchte sie auch mal haben. Ob sie sich ihn zur Zwischenprüfung wünschen kann? Aber die muss sie erst mal bestehen … Und Gelatine ist ganz schön aufmüpfig! Das wird nicht so einfach alles …

Hinter dem Perlenvorhang erklingt ein *Zipp!* und dann erfüllt der Duft von Räucherstäbchen die Wohnung. Jasmin.

»Hast du das Schild rausgehängt, Kummerkind? Du weißt: Wenn ich mich nicht auf dich verlassen kann, wird das nichts mit der Prüfung!«

»Gewiss, meine Liebe. Gewiss«, knurrt Zazie.

»Klappe«, sagt Dalia kaum hörbar. Sie und Zazie haben sich noch nie leiden können. Dalia zieht ihren schwarzen Kittel über. Dann öffnet sie die Wohnungstür und hängt das Schild außen an die Türklinke, das sie in der zweiten Klasse im Hort gebastelt hat:

Latifa al Nour
Hilfe bei Problemen. Moderner Stadt-Schamanismus
und traditionelle Anwendungen
Sprechzeiten: Di–Fr 17–19:00 und Notfälle

Höflich verbeugt sich Dalia vor den Wartenden: »Wenn Sie bitte hereinkommen wollen? Ich bitte nochmals um Verzeihung für die Verspätung.«

Frau Özmen drängelt sich an Herrn Hildebrandt vorbei und lässt sich ächzend auf einem Stuhl nieder. Dann schleicht Herr Hildebrandt herein. Er ist dünn wie Papier und seine Augen wandern unsicher umher. Dalia hat gerade den Willkommenstee serviert, da ruft ihre Großmutter Herrn Hildebrandt in die Küche.

Die beiden murmeln ein Weilchen leise miteinander, dann ruft Madame al Nour Dalia dazu. »Herr Hildebrandt«, sagt sie und deutet auf den alten Herrn, »hat sich netterweise bereiterklärt, dass du heute hospitierst.«

»Ehrlich? Das ist ja –« Dalia kann ihr Glück kaum fassen. Sie findet die Geschichten immer so spannend, die

die Leute ihrer Großmutter erzählen, doch die winkt ab. »Meine Dalia macht ihre Zwischenprüfung, wissen Sie«, erklärt sie dem alten Herrn. »Sie soll mir ja mal nachfolgen. Damit für sie gesorgt ist, wenn ich mal nicht mehr bin.«

»Familie ist wichtig«, sagt Herr Hildebrandt und sieht aus, als würde er gleich anfangen zu weinen. Ich selbst habe ja keine.«

Madame al Nour nickt mitfühlend. Sie legt ihre Hand auf die des schmächtigen Mannes.

Er räuspert sich. »Alles schmerzt, wissen Sie. Der ganze Körper.«

Madame al Nour sieht Dalia an. Die überlegt.

»Äh ... können Sie die Schmerzen vielleicht etwas genauer beschreiben? Wann genau treten sie auf? Und an welchen Körperteilen?« Dalia sieht erschrocken zu ihrer Großmutter, war sie wieder zu direkt? Doch Madame al Nour nickt wohlwollend.

»Einfach überall«, antwortet Herr Hildebrandt mutlos. »Schultern. Rücken. Brust. Kleiner Zeh. Die Haare sogar. Alles. Die Hausärztin sagt, mir fehlt nichts. Aber das kann ja nicht sein! Ich spüre sie doch, die Schmerzen.«

»Na? Dalia?«

Dalia sieht ihre Großmutter ratlos an. Sie hat nicht den geringsten Schimmer, was dem alten Herrn fehlen könnte.

Magnesiummangel?

Muskelkater?

Madame al Nour wartet noch einen Moment. Als Dalia nichts sagt, steht sie auf und holt ein Glas von dem grünen Pulver aus dem Schrank. Offenbar hat ihre Großmutter einen ganzen Vorrat davon bei Birol gekauft!

»Ihre Lebensenergie braucht bloß einen kleinen Schub«, sagt Madame al Nour freundlich, »das ist alles. Sie trinken jeden Nachmittag ein Glas von diesen Kräutern. Allein: Das Anmischen der Mixtur ist leider etwas kompliziert. Meine Enkelin wird einmal am Tag vorbeikommen und sie für Sie zubereiten.«

Herrn Hildebrandts Augen hellen sich auf. »Wirklich? Das ist ja, ich weiß gar nicht, was ich sagen soll …« Madame tätschelt ihm freundlich die Hand.

Als er sich verabschiedet, kommt es Dalia vor, als ob er schon ein kleines bisschen fester auftreten würde.

Nachdem Madame al Nour für Frau Özmen ein kompliziertes Horoskop erstellt hat, behandeln sie und Dalia noch vier weitere Klientinnen: Lustlosigkeit, Liebeskummer, Leistungspanik – die üblichen Wehwehchen.

Nach Ende der Sprechstunde sitzen die beiden erschöpft in der Küche und schlürfen Tee. Madame al Nour knetet ihre Finger. Dalia drückt das Räucherstäbchen im Aschenbecher aus. »Eins verstehe ich noch immer nicht, Großmutter. Warum muss ich jeden Tag zu dem alten Hildebrandt? Diesen *Trunk* anzurühren, das ist doch megaleicht! Und an was leidet er überhaupt, wenn seine Ärztin sagt, dass alles gesund ist?«

Madame al Nour sieht ihre Enkelin nachdenklich an.

»Einsamkeit, Kummerkind«, sagt sie und nimmt ihr Leopardenstirnband ab. »Einsamkeit.«

Das geheimnisvolle Bild

Elvis hat Hunger. Den ganzen Tag hat er sich von Cornflakes mit Maulbeersirup ernährt und jetzt ist auch das alle. Auch im Kühlschrank sieht es ziemlich mau aus. Bis auf seinen Einkauf natürlich, aber Mücver kriegt er alleine nicht hin, das ist Babas Fachgebiet. Bei ihm wird es immer bloß eine eklige Matsche. Für den Moment muss wohl die Zuckerdose herhalten. Nicht gerade gesund, aber besser als nichts.

Eigentlich steht die Zuckerdose auf dem Fensterbrett in der Küche. Baba hat sie bei Wissozky, dem Trödler neben Birol, gekauft. Wissozky hat gesagt, sie sei ein echtes Sammlerstück, eine Rarität und daher besonders wertvoll. Deshalb könne er auch unmöglich mit dem Preis heruntergehen. Das Besondere an der Zuckerdose ist nämlich, dass sie von außen zwar aussieht wie eine zwar besonders hübsch verzierte, aber ansonsten ganz normale Zuckerdose aus Porzellan. Tatsächlich aber ist sie eine Spezialanfertigung. Am Deckel und am Dosenrand ist eine Schicht Naturkautschuk angebracht, und damit sie luftdicht schließt, gibt es einen zierlichen Verschluss aus echtem Silber. Die Dose ist gar nicht so leicht aufzumachen, denn der Verschluss hat einige Tücken. Glaubte man Wissozky, hat eine berühmte Stummfilmdiva die Dose extra anfertigen lassen, um die Intelligenz ihrer Verehrer zu testen. Sie lud sie einfach zum Tee ein und reichte ihnen die Dose. Bekamen sie sie nicht auf, hatten sie sich disqualifiziert. Am Ende wählte sie einen, der seinen Tee ohne Zucker trank ...

Baba hat schließlich den vollen Preis gezahlt. »Aber nicht für die Dose!«, hat er ausdrücklich gesagt. »Für die Geschichte!«

Wissozky hat gelacht und so waren sie sich einig geworden.

Und jetzt steht die Zuckerdose nicht an ihrem Platz.

Ob Mama sie mit ins Zeichenzimmer genommen hat?

Elvis sieht noch einmal überall nach. Vielleicht hat er das kostbare Stück versehentlich in den Kühlschrank geräumt?

Endlich findet er die Dose auf dem Fußboden. Sie liegt halb unter dem Küchenschrank. Der Deckel ist offen und es ist nur noch sehr wenig Zucker darin.

Ob das … *Küçük?!*

Elvis weiß genau, wie sehr das Eichhörnchen Süßes liebt. Wegen ihr haben sie die Zuckerdose ja gekauft, damit sie nichts mehr stibitzen kann. Aber wie hätte Küçük sie öffnen sollen? Oder auf den Boden befördern, ohne sie zu zerbrechen? Dann muss es doch Mama gewesen sein. Ob sie den Zucker ohne Tee einfach *gegessen* hat? Auf dem Fußboden?! Jetzt macht Elvis sich wirklich Sorgen, *Sorry-Knuffelchen-aber-ich-kann-weder-essen-noch-irgendwas-hören-bis-ich-hiermit-verdammt-nochmal-fertig-bin-Mama* hin oder her.

Er marschiert durch den Flur zum Zeichenzimmer und klopft. Natürlich antwortet sie nicht. Er klopft noch mal.

Nichts.

Das *Schrapp-schrapp* ist auch nicht zu hören. Elvis probiert die Klinke. Die Tür springt auf.

Oh, oh.

Kein einziges zusammengeknülltes Papierbällchen liegt mehr in Mamas Zimmer herum. Der Dielenboden ist komplett sauber. Richtig leergefegt. Die Zeichenutensilien in den Regalen sind sorgfältig aufeinandergestapelt. Noch nie hat er Mamas Zeichenzimmer so aufgeräumt gesehen.

Es sieht schrecklich aus.

Mitten in dem geradezu unheimlich ordentlichen Raum steht eine Staffelei. Darüber hängt ein weißes Laken. In langen Falten reicht es bis auf den Boden hinunter. Darunter erkennt Elvis etwas, das nach einer ziemlich großen Leinwand aussieht.

Elvis tritt näher.

Ist das Mamas Idee?

Was auf diesem riesenhaften Bild wohl drauf ist?

Ihn schaudert, trotz der Zimmerwärme. Besonders im Nacken wird ihm kühl. Als würde jemand hinter ihm stehen und ihn anhauchen. Igitt!

»Mann, Mama!«, sagt Elvis und dreht sich um. Er hasst es, wenn sie solche Späße mit ihm macht. Doch es ist niemand da.

Elvis steht jetzt so nah vor Mamas Bild, dass er es berühren kann.

Es wäre ganz einfach, das Laken von der Leinwand zu ziehen.

Doch Elvis ist sich gar nicht mehr sicher, ob er sehen will, woran seine Mutter die ganze Zeit gearbeitet hat.

Nein.

Ganz und gar nicht sicher.

Er tappt rückwärts von der Leinwand weg. Sein Körper geht einfach, ohne dass Elvis ihm den Befehl dazu gegeben hätte. Rückwärts durchquert er den Raum, mit kurzen, lautlosen Schritten. Da stößt er an etwas Hartes. Er fährt herum, doch es ist bloß der Schreibtischstuhl.

Mamas Zeichentisch ist ebenfalls leer.

Geradezu funkelnd aufgeräumt.

Keine Anspitzerflocken, kein Papier, leere und halbvolle Kamillenteetassen sowieso nicht.

Und vor allem ist da: keine Mama.

Sein Blick fällt auf einen Zettel am Boden, direkt neben dem Tischbein. Er muss vom Schreibtisch gefallen sein. Elvis bückt sich und liest.

Sorry, Knuffelchen, steht in fahriger Mamaschrift auf dem Papier, *musste weg. Mama*

Allein

23 Uhr 55. Elvis ist allein. Vollkommen allein. 23 Uhr 56. Noch nie in seinem Leben hat Elvis Gursinski eine Nacht ohne Mama oder Baba verbracht. Selbst Küçük ist heute Abend nicht aufgetaucht! Aber sie ist ein freies Lebewesen und kann nicht immer bei ihm sein … 23 Uhr 57. Die bekannten Geräusche des Hauses klingen anders als sonst. Als sei es nicht mehr das Gursinski-Haus, sondern ein unheimlicher Organismus mit eigenen Regeln, die Elvis nicht kennt. Das Knarzen des Gebälks, das sich an Sommerabenden abkühlt, ist Elvis eigentlich vertraut. Doch heute klingt es hohl und fremd. Wie ein fernes Klagen klingt auch der Wind in den alten Fensterrahmen, und das Flattern des losen Fliegengitters in der Küche erinnert an einen Hilferuf. Wie ein Alarm aus der Insektenwelt. 23:58. Elvis

lauscht nach oben in den zweiten Stock. War das da eben ein Knarzen? Wie von einer … *Schranktür?* Elvis spürt jeden einzelnen Wirbel in seinem Rücken. Und alles ist wieder da in seinem Kopf: Küçük, ihre Angst im Zimmer am Ende des Flurs, ihr Kreischen. Der Kratzer auf seiner Brust brennt, und gleichzeitig, als hätte man seine Zehen mit einer Steckdose verbunden, kribbelt es von seinen Füßen her den ganzen Körper rauf bis in seinen Nacken. Wieder knarzt es. Nein, es war nicht der Schrank! Nur ein alter Ast, draußen, im Baum. Elvis fröstelt unter seiner dünnen Decke. Es zieht vom Fenster her, aber zumachen will er es nicht, sonst kann Küçük nicht rein. *Ting! Ting!* Eicheln fallen auf das Hausdach und das Flattern des losen Fliegengitters wird immer drängender. Gesichter tauchen an der Wand über Elvis' Matratze auf. Sonst macht es ihm immer Spaß, die Schattenbilder zu deuten, die die Zweige der alten Eiche im Schein der Straßenlaterne auf seine Tapete zaubern. Doch jetzt verkriecht sich Elvis tiefer unter seiner Decke.

Sorry, Knuffelchen, musste weg. Mama

Elvis spürt Mamas Zettel in seiner Hand.

musste weg.

Was soll das überhaupt heißen?

Und für wie lange?

Vermutlich musste sie wieder einspringen, weil eine ihrer Kolleginnen im Altenheim von der Grippe erwischt wurde. Aber auf dem Zettel steht nichts davon. Was, wenn es diesmal etwas anderes ist? Elvis denkt an das seltsam aufgeräumte Zimmer, das so gar nicht zu seiner Mutter passt.

Was, wenn sie richtig weg ist?

Für immer?!

Ja, natürlich, klar. Sie ist weg. Weil sie ihn falsch findet.

So wie alle anderen auch.

Dass Elvis falsch ist, war ihm schon lange klar. Alles an ihm ist verkehrt. Natürlich, warum sonst wohl hätten sich seine Eltern wohl trennen sollen? Warum sonst hat er keine Freunde? Warum sonst kann er nicht mit anderen Kindern spielen wie die anderen auch? Schon im Kindergarten war das so. Sobald er mit einem anderen Kind gespielt hat, hörte er damit auf, Elvis zu sein. Stattdessen wurde er wie das Kind, mit dem er gerade zusammen war. Er machte das, was das Kind machte; fand das gut, was das Kind gut fand, er sagte sogar dieselben Wörter. Es dauerte natürlich nicht lange, bis die anderen ihn langweilig und *voll Banane, ey!* fanden und ihm befahlen, er solle *sofort* aufhören, sie nachzumachen.

Elvis Gelatin Erkin Gursinski ist falsch. Falsch, falsch, falsch!

SCHEPPER!

Eine Blechdose segelt über die Friedhofsmauer und landet auf den Pflastersteinen beim Kompost. Elvis kennt das Geräusch.

SCHEPPER!

Noch eine. Dann hört er ein lautes Lachen und das heisere Grölen rauer Stimmen. Andere Menschen in seiner Nähe! Das tut gut. Doch schon wird das Lachen leiser und die Schritte entfernen sich. 23 Uhr 59. Elvis tastet nach Sonett. So heißt Mamas alter Kassettenrekorder aus tomatenrotem Plastik. Er kommt noch aus der DDR und ist das einzige Gerät im Haus, das Babas selbst besprochene Kassetten abspielen kann. Die mit seinen Geschichten drauf. Elvis drückt den zweiten Knopf von links. Es ist null Uhr und die Stimme seines Vaters erfüllt das Zimmer.

Die wunderbar weiche Baba-Stimme aus der Zeit, bevor er die Wörter verlor. Aus der Zeit, als sie alle zusammen glücklich waren.

Babas Worte verweben sich in Elvis' Kopf zu Bildern und Landschaften, Menschen und Farben – zu einer Geschichte aus dem fantastischen Lande *Imagistan*. Seine Geschichten beginnen immer gleich: »Lange ist es her und niemand war je dort, doch ich habe es gesehen, mit meinen eigenen Ohren. Es war mein altes Leben vor diesem unserem gemeinsamen Leben, es ist das Leben, das ich nie hatte, es ist ein Traum. Und die Geschichte geht so: Das Land, aus dem ich komme, Oğlum, mein Sohn, existiert nicht mehr. Imagistan war ein Land von der besten Sorte …« Und dann erzählt Baba vom Munkevogel Karga, der seine Stimme verlor, von der silbernen Flöte aus Mondlicht und von der weisen, alten Königin von Imagistan, die so viele Runzeln und Falten hatte, dass sie mehrere Dutzend Dienerinnen benötigte, um ihre Haut zu tragen.

Früher hatte Elvis nach dieser Geschichte immer so ein unheimliches Gefühl.

Ob der rachsüchtige Munkevogel Karga tatsächlich auf ihrem Friedhof wohnte?

Würde er eines Nachts kommen und ihn ans Fenster locken?

Er hat Baba danach gefragt und Baba hat seinen Arm um ihn gelegt und gesagt: »Mein Elvis, der Munkevogel Karga hat seinen wahren Namen vergessen wie alles andere auch. Hier nennen sie ihn Krähe, und er glaubt, so eine sei er immer gewesen. Er kennt nichts mehr. Keine Angst, schlaf nur ein …«, und dann schliefen sie und träumten von Federn, die ihnen aus den Händen und den Armen wuchsen, und die ganze Nacht flog Elvis mit Baba durch den Mondhimmel und sie waren glücklich.

Zucker

Am nächsten Morgen sind die Fratzen von den Wänden verschwunden und die Angst hat sich in die winzigen Löcher des alten Mauerwerks verzogen. Aber das Alleingefühl, das ist immer noch da. Trotz der Morgensonne, die auf Elvis' verblichene Bettdecke scheint. Er ist kaum wach, da rennt er die schiefe Holztreppe nach unten und guckt noch einmal in alle Zimmer. Er findet nur eine verirrte Libelle, die sich im Wohnzimmer zwischen den Teppichzotteln verfangen hat. Er befreit sie und lässt sie durchs Fenster nach draußen.

Da hört Elvis ein Geräusch über sich.

Krsss.

Ganz leise.

Krsss.

Ein Geräusch wie von Krallen auf Holz.

Elvis pirscht die Treppe in den ersten Stock hinauf.

Krsss!

Das Geräusch wird lauter. Vorsichtig schleicht er den Flur entlang und lugt die Treppe in den zweiten hinauf. Da – auf der steilen Treppe, auf einer Stufe ziemlich weit oben: Küçük!

Sie ist so beschäftigt, dass sie ihn gar nicht bemerkt. Elvis atmet ganz flach und beobachtet das Eichhörnchen. Küçük führt eine Pfote an ihre kleine Schnauze. Sie leckt die Pfote sorgfältig ab. *Chlpp*. Dann presst sie sie – *krsss* – auf die Stufe über sich. Die Härchen an ihrer Nase zittern und ihr Schweif wippt aufgeregt. Wieder führt Küçük die Pfote an die Nase und schnuppert. Plötzlich hebt sie ihr Köpfchen und linst wachsam nach oben. Dann leckt sie – *chlpp!* – die Pfote wieder ab. Wieder und wieder macht sie das: Pfote – *chlpp* – abschlecken, *krsss* – auf die Stufe drücken, schnuppern und nach oben sehen. Und wieder. Und wieder.

Chlpp, krsss.

Chlpp, krsss.

Chlpp, krsss.

Was …? Elvis beugt sich nach vorne und kneift die Augen zusammen. Überall auf der Treppe, um Küçük herum und auf den Stufen über ihr, liegen kleine, weiße Krümel herum.

Zucker.

Krsss!

»*Räuberin!*« Elvis stürzt sich mit einem Satz auf Küçük. Das Eichhörnchen wehrt sich. Küçük kratzt ihn am Arm und versucht wie wild, sich aus seinem Griff zu befreien. Sie will von Elvis weg, zum Zucker hin, aber Elvis hält den sich windenden kleinen Leib fest. Küçük quietscht laut, und wenn sie sprechen könnte, würde sie vermutlich *Mehr! Mehr!* rufen.

»Küçük! Kein Zucker für dich! Was machst du, wenn dir die Zähne ausfallen? Wie willst du Eicheln essen? Oder Sonnenblumenkerne!?« Küçük zappelt und kreischt in sein Ohr, doch Elvis hält sie fest und marschiert mit ihr die Treppe hinunter, hinaus ins Freie.

Auf dem Friedhof scheint die Sonne, doch es ist immer noch kühl. Seit dem Sturm hängt so eine Brise in der Luft. Eine Art kalte Unterströmung, nicht unangenehm. Elvis atmet tief durch.

Küçük zappelt und wehrt sich, doch Elvis hält sie vor lauter Wut ganz fest.

Er hat gewusst, dass es so kommen wird.

Nicht das mit Küçük und dem Zucker. Das mit seinen Eltern.

Er hat es gewusst, seit dem Tag, an dem sie mit hängenden Schultern und langen Gesichtern vor ihm standen und ihm erklärten, dass sie von nun an nicht mehr zu dritt in dem alten Friedhofsgärtnerhaus wohnen würden. Von nun an, denn so sei es besser, das könne er ihnen glauben, jawohl, von nun an, da würden immer nur Mama *oder* Baba bei Elvis sein. Und zwar für eine Woche. Und am Freitag würden sie tauschen. Und mehr müsse auch gar nicht gesagt werden außer: *Ein Kind braucht ein festes Heim und soll nicht mit Erwachsenengeschichten belastet werden. Punkt.* Genau so hatte Mama es gesagt.

Elvis hat gewusst, dass irgendwann ein Fehler passieren wird. »Was, wenn mal etwas schiefgeht mit dem Tauschen und ich bin allein?«, hat er gefragt. »Nein, aber Elvissimo, das wird überhaupt ganz klar *niemals* passieren!«, haben seine Eltern ihm versichert.

Tja.

Nun ist es passiert.

Elvis geht mit schnellen Schritten bis ganz nach hinten zu Elfriede Schumschills Birke. Er setzt sich auf die Bank, dann lässt er Küçük los. Sie bewegt sich wie aufgezogen. Sie beschnuppert hektisch die Rosenbüsche auf Elfriede Schumschills Grab und putzt sich wie im Zeitraffer die Nase. Dann schnuppert sie und putzt wieder. Aus ihren großen, blanken Augen sieht sie Elvis an, dann flitzt sie am Stamm der Birke hinauf. Und hinunter. Hinauf und hinunter. Hinauf und hinunter. Hinauf und hinunter. Zuckerschock. Komplett. Elvis wird schon vom Zusehen fast schwindelig. Endlich bleibt Küçük oben im Baum und tollt wie wild in den Ästen hin und her. Über Elvis' Kopf raschelt es.

»Was ist dir, Jungchen? Boffes mit Mutti?«

Elfriede Schumschill redet manchmal so komisch. *Boffes. Mutti.* Aber Elvis kennt die alte Dame inzwischen sehr gut und weiß, dass *Boffes* in der Elfriede-Schumschill-Sprache so viel wie *Ärger* oder *Streit* bedeutet. Boffes hat Elfriede Schumschill nämlich genug gehabt in ihrem Leben. Elvis erzählt Elfriede Schumschill von Mama, von ihrem Wegsein und seiner Angst. Und von dem Zettel, den er noch immer in seiner Hosentasche spürt.

»Angst ...«, sagt Elfriede Schumschill, als würde sie ein neues Wort auf der Zunge probieren. »Also *so was* hatte ich schon lange nicht mehr. Mach dir keene Köppe, Jungchen. Deine Mutti ist sicher bald zurück.«

Keene Köppe machen, Elfriede Schumschill ist gut! Aber es stimmt ja, Mama kommt nicht davon zurück, dass Elvis sich Sorgen macht.

Was er stattdessen machen soll, weiß er allerdings auch nicht.

Also sitzt er da und wartet.

Auf irgendwas.

Auf nichts.

Moment. War da was Gelbes?

Elvis schiebt sich die Haare aus dem Gesicht und linst den Hauptweg hinunter. Ein T-Shirt vielleicht?

Nein. Es sind nur die Sonnenblumen bei *Bella Aral,* die mit den Köpfen nicken.

Nicht sterben werde ich, sondern leben!

steht auf ihrer schwarzen Grabstele.

Nicht mal anrufen kann er seine Eltern! »Handy ist nicht«, sagt Mama immer, und das Festnetz ist seit Monaten abgestellt, weil Baba vergessen hat, die Rechnung zu bezahlen. Elvis könnte zum Frühkauf gehen. Ein Sigara Börek essen. Vielleicht weiß Birol Rat ... Aber dazu fühlt er sich viel zu kraftlos. Seine Beine sind schwer, der Bauch so leer, und sein Kopf fühlt sich an, als wäre lauwarmer Grießbrei darin anstelle seines Gehirns.

»Gelatine, hier bist du!« Dalias Stimme reißt ihn aus seinem breiigen Gedankengewaber. »Da sucht man den gesamten Friedhof ab und der Junge chillt gemütlich! Rück!«

Elvis ist so erleichtert, dass er bereitwillig Platz macht. Sogar seinen Pony klemmt er sich hinter das Ohr, um Dalia besser sehen zu können.

»Sorry für die Verspätung. Ich musste tausend Sachen für Oma erledigen. Zu Herrn Hildebrandt, seinen *Trunk* anmischen. Alter, der hat mir so leidgetan! Ich konnte einfach nicht weg. Butterkuchen hat er gekauft und so *Kinderkaffee* gekocht ... da musste ich mir natürlich noch die Story seines Lebens anhören. Also ein Viertel oder so, irgendwann 1966 musste ich dann echt los.« Über ihnen raschelt es und dann landet Küçük auf Dalias Knien.

»Ey!«, ruft Dalia erschrocken und fügt schnell ein zärtliches »Küçük!« hinzu und zupft ein paar Birkenblätter aus ihrem Fell. Küçük trippelt auf Dalias Beinen herum. »Was ist los? Warum so hektisch, Kleinchen?«

Trunk anmischen? Elvis ist irritiert. »Du arbeitest für deine Oma?«, fragt er und sieht Dalia misstrauisch an.

»Äh, ja?« Dalia sieht für einen Moment unsicher aus. »Ist das ein Problem?«

»Nee, ich meine nur. Weil ich auch immer auf dem Friedhof arbeite.«

Dalia nickt. »Tja. Du die Toten, ich die Lebendigen! Wir kennen uns aus im Kiez. *Ich* zum Beispiel weiß genau, wer –«, ihr Gesicht leuchtet stolz, doch dann unterbricht sie sich selbst, »Berufsgeheimnis. Schweigepflicht. Du verstehst. Also: Wie siehts aus, Alter? Kann ich dir bei was helfen?«

»Meine Mutter ist weg.« Elvis weiß auch nicht, warum er das ausgerechnet Dalia sagt. Verlegen zuckt er mit den Schultern.

»Shit«, sagt Dalia nur.

Und damit hat sie wohl Recht.

Und dann ist es, als hätte sie einen Stöpsel aus ihm herausgezogen. Mit einem Mal kommen all die Wörter aus Elvis heraus, die er braucht, um ihr von der Nacht zu erzählen, die er allein in dem großen Haus verbracht hat. Und von Mamas Zeichenwahn, von den Tauschtagen und von Baba und der großen Müdigkeit.

Elvis erzählt viel, aber er spürt, dass da noch etwas ist.

Etwas, für das es keine Worte gibt.

Also schweigt er.

Und Dalia schweigt mit.

Selbst Elfriede Schumschill ist still.

Dalia kramt in ihrem Rucksack. Sie holt einen zerdrückten Körnerriegel heraus und gibt ihn Elvis.

Er riecht muffig, aber Elvis isst ihn. Aus Höflichkeit.

Er kann nicht anders, er muss dabei an König Artus denken und den Zauberer Merlin. In der Schule haben sie einmal darüber gesprochen, wie der Zauberer Merlin den jungen König in alle möglichen Tiere verwandelte, damit der es lernen, nein, *begreifen*, nein, *erfahren* sollte, wie es sei, jemand anderes zu sein. Perspektive und so. Damit er ein guter, ein mitfühlender König würde. Damals hat Elvis gedacht, dieser Merlin, der müsse echt mal bei Dalia vorbeigehen. Aber vielleicht ist Merlin ja schon da gewesen?

Dalia setzt Küçük auf Elvis' Schoß und legt ihre Hand auf seine Schulter. »Keine Panik, Gelatine«, sagt sie, »Küçük lässt dich nicht mehr allein. Und ich dich schon gar nicht.«

Der Schrank I

»Torte Ausblick. Torte Zimmer. Torte Haus. Platz ohne Ende! Enorm.« Dalia sieht ehrlich beeindruckt aus und nickt anerkennend.

Elvis hat ihr das Haus gezeigt und jetzt sitzen sie auf seiner Matratze.

Er, Elvis Gelatin Gursinski, und Dalia al Nour.

In seinem Zimmer!

Auf seiner Matratze.

Vor einer Woche, nein, vor zwei Tagen noch wäre ihm schon der Umstand, dass sie beide überhaupt miteinander sprechen, mehr als absurd vorgekommen. Aber zusammen in seinem Zimmer? Ihm fällt nicht das richtige Wort dafür ein: Abnorm? Skurril? Unwahrscheinlich? Unnatürlich? Wie auch immer, vermutlich alles auf einmal. Aber jetzt ist Elvis einfach nur froh, dass Dalia hier ist. Und dass sie alles *torte* findet, ebenso.

»Zitronschaumtorte …«, murmelt Elvis und denkt an eine kleine Konditorei in Königsberg. »Wellenbaiser …«

»Was?«

»Hm?«

»Das mag ich so an dir, Gelatine.« Dalia hat die Tüte mit den Sonnenblumenkernen entdeckt und füttert Küçük. Das Eichhörnchen keckert entzückt und knuspert drauflos.

»Du bist immer so …. *anders!* Ja, Mann. Du hast es *drauf.*«

Elvis fragt nicht, was er Dalias Meinung nach *draufhat*, denn in diesem Moment ertönt ein Poltern über ihnen. Es kommt ganz eindeutig aus dem zweiten Stock. Aus dem zweiten Stock, der leer steht.

Küçük stellt ihren Schweif auf und faucht.

»Nur ruhig, Kleines«, sagt Dalia und streicht ihr über den Rücken. Dann sieht sie Elvis an. »Deine Mutter?«

»Äh«, macht Elvis.

Da oben hat er gar nicht nachgesehen.

Dalia drückt Küçük an sich, schon ist sie aus dem Zimmer.

»Nee, warte, weil …«, stammelt Elvis und folgt ihr in den Flur, doch Dalia ist schon auf halber Treppe nach oben.

»Da oben ist … », beginnt er noch mal, aber da er nicht weiß, wie er auch nur *einen* der beiden Sätze beenden soll und weil Dalia eben Dalia ist und mit ihr vielleicht sogar der zweite Stock auszuhalten ist, sagt er nichts mehr und tappt hinter ihr her.

Oben ist es genauso staubig und warm wie vor zwei Tagen. Die Abdrücke von Elvis' Sandalen sind deutlich zu sehen in dem Staub auf den Dielen. Und da ist noch was: Zuckerkrümel! In einer feinen, geraden Spur führen sie von der obersten Treppenstufe den Flur entlang bis zu dem Zimmer ganz am Ende.

»Hier war jemand. Eindeutig.« Dalia macht einen Detektivinnen-Blick und steckt ihren Zeigefinger in den Mund. Küçük wird unruhig, sie will auf den Boden zu den Krümeln, aber Dalia hält sie fest. »Nichts für kleine Eichhörnchen«, sagt sie streng und tippt mit ihrem Finger die Krümel auf. Bevor Elvis etwas sagen kann, *Hat dir deine Großmutter nicht beigebracht, dass man keine unbekannten Substanzen von fremden Böden leckt?* zum Beispiel, hat sie den Finger schon in den Mund gesteckt.

»Zucker. Hm. Hast du den verstreut?«

»Natürlich nicht.«

»Wer dann?«

Die Antwort darauf will Elvis lieber nicht wissen. »Die Fußspuren sind meine«, sagt er stattdessen.

»Ah«, Dalia guckt enttäuscht. »Schicke Schuhe übrigens«, sagt sie und wirft einen Blick, der eher das Gegenteil meint, auf seine Füße. »Der Zucker will jedenfalls, dass wir da langgehen«, Dalia zeigt auf die Tür am Ende des Ganges.

Küçük, die eben noch hingebungsvoll an Dalias Zeigefinger geknabbert hat, sieht so enttäuscht aus, dass Elvis beinahe lachen muss.

Dalia tappt den Flur entlang und macht sich einen Spaß daraus, in Elvis' Sandalenabdrücke zu treten. Elvis tappt hinterher. Der Zucker knirscht unter seinen Sohlen. Die Tür am Ende des Ganges steht offen. Nur einen Spalt, aber eindeutig offen. Dabei ist Elvis sich ganz sicher, dass er sie zugemacht hat.

Und bevor Elvis noch irgendetwas sagen kann, dass sie da besser nicht hineingehen sollten vielleicht, weil … da steht Dalia im Zimmer und begutachtet alles, als wäre es ein Schatz, den sie als Erste auf der ganzen Welt gefunden hat. Sie sagt: »Torte Zimmer!«, lässt sich in den Schaukelstuhl fallen und schaukelt, dass es nur so knarzt. »Also, deine Mutter ist eindeutig nicht hier drin. Oder ist sie vielleicht … *unsichtbar?*«

Elvis zögert, bevor er den Raum betritt.

Etwas ist anders als noch vor ein paar Tagen. Er kann nicht genau sagen, was es ist. Vielleicht so eine Art minimaler Verschiebung der Energie des Raumes. Küçük sitzt entspannt auf Dalias Arm und blickt interessiert um sich. Sie sieht kein bisschen ängstlich aus. Dalia hat den Schrank entdeckt, den mit dem gefleckten Spiegel.

»Wie seh *ich* denn aus?!«, ruft sie so gekünstelt, dass Elvis lachen muss. Dalia betrachtet sich im Spiegel. *Sich* ist gut, der Spiegel ist so hinüber, dass er nur Bruchstücke wiedergibt. Diese Bruchstücke aber, zusammen mit den Flecken, die sich wie Schnurrbärte, Narben oder Augenklappen über Dalias Spiegelbild legen, sehen wirklich schauerlich aus. Fast wie eines von Mamas Bildern.

»Torte«, sagt Dalia. Und: »Ich seh wirklich grandios aus! Wie immer«, und dann sagt sie: »Vielleicht hat deine Mutter sich im Schrank versteckt?«

Elvis denkt, dass das eine wirklich bescheuerte Idee ist, aber dann denkt er an den ziemlich aufgespießten Mistkäfer, der sich vermutlich noch immer in Dalias Hosentasche befindet, und den Zettel in seiner eigenen; denkt an Küçük, die sich auf Dalias Arm so wohl fühlt, als hätte sie niemals woanders gesessen. Und dann denkt Elvis, bescheuerter kann es ja wohl nicht mehr werden, und öffnet die Schranktür.

Der Schrank II

Elvis macht vorsichtshalber einen Schritt zurück – doch es passiert: nichts. Einfach gar nichts. Dalia tritt vor den offenen Schrank. Sie sagt nicht: »Torte!« Sie sagt auch nicht: »Phänomen!« Sie sagt gar nichts. Sie guckt einfach. Auf die Kleider im Schrank. Das Erste ist so hellblaugrau, dass es beinahe als weiß durchgehen kann. Es sieht aus wie eine Taube. Sein Stoff ist fein, aber hart, und der Rock hat schmale, strenge Längsfalten. Oben sind vier Knöpfe, schimmrig weiß. Das Kleid ist richtig alt und wurde kaum getragen. Mit einer dünnen Nadel ist ein kleiner Schleier daran befestigt mit kleinen, weißen Stoffblumen am Rand. In der linken Rocktasche befindet sich ein Taschentuch. In dem Taschentuch sind getrocknete Tränen. Das zweite Kleid ist gelb. Eidotter mit einem Schuss Zitrone. Es hat einen runden, weißen Kragen und einen weit ausgestellten Rock mit einem gelb gepunkteten Petticoat darunter. Das Etikett hängt noch dran: *Fräulein-Mode kokett. Größe 34*. Das dritte ist unendlich grau. Seine Ärmel sind lang und die Säume zerschlissen. Vorne drauf ein paar Flecken. Und doch ist es das lebendigste der Kleider, so oft wurde es getragen. Fast kann man die Andeutung eines zierlichen Körpers darin erkennen. Das vierte und das fünfte sind eigentlich keine Kleider. Eher Kittel. Putzkittel mit Blümchenmuster. Still hängen die fünf nebeneinander und dünsten einen leichten Geruch nach Lavendel und Mottenpulver aus. Der Lavendel kommt von Elvis. Er hat die Zweige gepflückt und in den Schrank gelegt, kurz nachdem sie eingezogen sind.

»Nicht unbedingt der letzte Schrei!«, sagt Dalia und nimmt einen Kittel vom Bügel. Sie hält ihn vor sich und beginnt, im Zimmer umherzuhumpeln: »Ohhh, meine Hühneraugen! Madame al Nour, haben Sie nicht eine gute Tinktur für mich? Und überhaupt: Mein Rücken bringt mich um!«

Dann hängt sie den Kittel zurück und schnappt sich eine hellgraue Pelzstola. Mit beiden Händen umfasst sie die Lehne des Schaukelstuhls, als wäre er ein Rollator, und Elvis glaubt beinahe, Dalias Großmutter vor sich zu sehen, so sehr hat sich Dalia mit einem Mal verwandelt. Selbst ihre Stimme klingt forsch und faltig: »Meine Liebe,

Sprechstunde ist 17 bis 19 Uhr. Meine Assistentin Dalia beschreibt Ihnen den Weg. Bis später!«

Noch bevor Elvis etwas sagen kann, zum Beispiel, dass Dalia die Kleider lieber im Schrank lassen soll, hat sie ihm den Kittel schon in den Arm geworfen. Dann zieht Dalia das gelbe Kleid vom Bügel. Sie hält es vor sich, sieht sich im Spiegel an, und betrachtet es kritisch, sie trägt ja eher nicht so Kleider …: »Gelb ist zwar meine Farbe, Gelatine. Aber du siehst sicher auch nicht untorte darin aus. Hier!«

Elvis steht da mit dem Kleid in der Hand. Er ist nicht sicher, was das Zimmer will. Ist nicht sicher, was er spürt. Ob er überhaupt etwas spürt. Mit wem, wenn nicht mit Dalia, denkt Elvis und fühlt sich wieder zitronengelb mutig. Das Kleid fühlt sich schön an. Knistrig und aufregend. Wie Geschenkpapier. Nein, Bonbonpapier! Er macht die kleinen Knöpfe am Rücken einen nach dem anderen auf und steigt in das Kleid hinein. Dalia hat sich die graue Pelzstola umgelegt. Sie wühlt im Schrank herum und kommt mit einem gelben Band in der Hand wieder hervor.

»Ey, Gelatine, hier!« Auf einmal sind Dalias Hände in Elvis' Haaren, sie zerrt an seinem Kopf herum, und als sie fertig ist, grinst sie zufrieden. Es ist das gleiche Grinsen, was sie aufsetzt, wenn der Vertretungslehrer schluchzend aus der Klasse stürmt.

»Guck dich an, Alter!«, sagt Dalia.

Elvis guckt an sich herunter. Dann guckt er Dalia an.

Sie sehen schön aus.

Alle beide.

Richtig schön.

Torte geradezu.

Dalia haut ihm auf die Schulter und lacht und auch Elvis fühlt sich mit einem Mal so leicht und bitzelig innen drin wie Elfriede Schumschills selbst gemachte Limonade. Und dann lassen sich Elvis und Dalia von dem Spiegel Schnauzbärte ins Gesicht malen und Altersflecken auf die Stirn, Haare an die Beine und auf die Ohren. Sie albern herum und lachen, bis sie Tränen in den Augen haben und keine Luft mehr bekommen – da merkt Elvis, dass sich die Luft im Zimmer verändert hat.

Dieses klamme Gefühl ist wieder da.

Elvis will es Dalia sagen, will sie warnen, dass sie lieber aufhören soll und die Kleider zurückhängen, weil … Aber das geht nicht, denn Dalia sieht Elvis gar nicht an. Sie greift nach dem taubenblauen Kleid, das eigentlich weiß ist. »Gelatine, ich bin bisschen groß dafür, aber ich wette –«, sie hält sich die Seiten und kichert, »ich wette, du siehst wie ein Prinzesschen darin aus!«

Dalias Hände haben kaum den bröckligen, taubenblauweißen Stoff berührt, da ertönt ein Kreischen im Zimmer. Küçük, die bis eben stofftiergleich auf der Truhe gesessen und ihnen gebannt zugesehen hat, gerät in Bewegung. Ihr Schweif peitscht hin und her, sie reißt ihre Pfoten nach oben und in ihren Augen steht blankes Entsetzen. Sie kreischt zum Ohrenzerfetzen. Und dann geht alles ganz schnell. Elvis reißt sich das Kleid vom Leib und zieht an Dalias Pelzstola. Sie gleitet zu Boden. Dalia sieht ihn irritiert an, doch Elvis hat keine Zeit für Erklärungen. Er rafft Shorts und T-Shirts zusammen und Dalia greift nach Küçük, die ihr mit einem Knurren den Arm zerkratzt und sich stattdessen in Elvis' Haaren festkrallt. »Au!«, schreit Elvis, aber dann hört er das Rumpeln, ein Rumpeln wie aus alter Ferne, und weder Dalia noch Elvis und Küçük schon gar nicht können später sagen, wie sie die Treppe hinuntergekommen sind, und ob sie die Tür zu dem Zimmer im zweiten Stock geschlossen haben, erst recht nicht.

18

Baba

Dalia ist zuerst im Wohnzimmer. Überrascht lässt sie Küçük los. Das Eichhörnchen springt aus Dalias Arm, durchquert den Raum mit drei schnellen Sprüngen und verschwindet durch ein offenes Fenster nach draußen. Elvis stolpert noch die letzten Stufen hinunter. Im Flur angekommen, bleibt er für einen Moment stehen und schnappt nach Luft.

Er horcht nach oben.

Nichts.

Es ist vorbei.

»Ähm«, hört er Dalias Stimme. »Da liegt wer. Auf eurem Teppich.«

Elvis fliegt fast ins Wohnzimmer.

Baba!?

Tatsächlich.

Er ist da.

Das Gesicht in den Teppich gewühlt liegt Baba da und schläft. Flach und völlig ergeben, als ob sein Körper bereits ein Teil des Teppichs sei. Als ob der Teppich ihn in sich aufgenommen habe mit seinen weißen Zotteln. Sein Vater liegt auf dem Bauch, als sei er bereits halb verdaut.

So daliegen, das macht Baba eigentlich erst ab Mittwoch.

Schlafen, sagt er an Mittwochen immer, wenn Elvis ihn wecken will, *schlafen, träumen. Sonst nichts.*

»Baba?« Elvis' Atmen beruhigt sich nur langsam. Er hockt sich neben seinen Vater und streicht ihm vorsichtig über die Locken. Ein Baba-Ohr lugt daraus hervor. Elvis sieht es sich genau an. Nein, kein bisschen Fell zu sehen! Es war doch nur ein Traum.

Elvis tippt das Ohr an.

Baba zuckt und macht ein Schlafgeräusch. Dann schnaubt er, dreht den Kopf auf die andere Seite und atmet weiter in den Teppich hinein.

Babas Traurigkeit ist ein eigenes Wesen. Mal ist sie groß und wuchernd, reicht bis zur Decke und Baba kann bloß daneben sitzen. Es ist, als würde ihm die Traurigkeit allen Platz, alle Luft zum Atmen nehmen und seine Schultern hinunterdrücken. An manchen Tagen ist die Traurigkeit hager und zappelig, sie sitzt mit am Tisch und kichert, wenn Baba einen Scherz macht. Manchmal wird sie dadurch leichter und weht aus dem Fenster davon, für ein paar Tage. Bis sie, riesengroß und unendlich müde von ihren Erlebnissen in der Welt, zurückkehrt und Baba geradezu erdrückt, sodass er nur noch flunderplatt auf dem Teppich liegen kann. Üblicherweise passiert das am Mittwochnachmittag.

»Baba?«

Baba grummelt und vergräbt seinen Kopf tiefer im Teppich.

»Baba!«

Sein verstrubbelter Haarschopf hebt sich halb aus hellen Wollzotteln.

»Ne oldu? Yangın mı var?«

»Nee … es brennt nicht, Baba. Seit wann bist du hier?«

»Hmmmm.«

»Und wir haben Hunger.«

»Wir?« Baba sieht müde aus. Teppichfalten im Gesicht. Trauerfalten in der Lederjacke.

Er wirft einen halben Blick auf Elvis und Dalia, dann sinkt sein Kopf in die weißen Zotteln zurück.

Elvis löst seinen Zopf und schüttelt die Haare in sein Gesicht. Er will Dalia nicht ansehen. Dass sie auch noch *das* mitbekommen muss …

Dalia aber sieht seinen Vater ernst und aufmerksam an.

»Wo tut es denn weh, Herr …?«

»Gursinski«, ächzt Baba.

Elvis sucht nach dem Grinsen in Dalias Gesicht. Aber

da ist keins. Nicht mal ein erstaunter Blick. Sie fragt auch nicht: »*Was* haben Sie gesagt? *Gursinski?* Aaaber …«, das darauf sonst immer folgt. Die meisten Leute finden es nämlich höchst verwunderlich, dass Baba *Gursinski* heißt. So sieht er gar nicht aus, finden sie. Und noch verwunderlicher finden sie es, wenn sie erfahren, dass Baba bei der Hochzeit den Nachnamen seiner Frau angenommen hat. Noch dazu einen solchen!

Aber Dalia ist offensichtlich nicht die meisten Leute.

Baba stöhnt jetzt fürchterlich. »Überall tut es weh!«, bricht es aus ihm heraus. »Und vor allem«, er wälzt sich auf den Rücken und klopft sich auf die Brust, »hier!«

»Hm«, macht Dalia und nickt, »ich würde sagen, ein klassischer Fall von Herzschmerz. Vielleicht haben wir es auch mit einem Infarkt zu tun. Herr Gursinski, ich muss ihnen jetzt eine etwas *private* Frage stellen: Rauchen Sie?«

Baba keucht. Er wälzt sich zurück auf den Bauch und drückt das Gesicht in den Teppich. Seine Schultern zucken.

Zum Glück wird das Schluchzen seines Vaters von den Teppichzotteln gedämmt. Elvis fasst Dalia bei den Schultern und will sie in die Küche schieben, am liebsten sogar auf den Kompost, aber auf jeden Fall weg von seinem Vater – da setzt sich Baba auf. Er wischt sich über die Augen, kichert und lächelt Dalia schief an: »Und, *hihi*, mit wem habe ich die Ehre? Frau Doktor …?«

Jetzt erkennt Elvis es: Baba weint gar nicht. Er lacht!

Seit Ewigkeiten hat Elvis seinen Vater nicht mehr lachen gesehen und einmal al Nour reicht aus, um –

»Al Nour!«, schießt es aus Dalia heraus und die beiden reichen sich die Hände.

Elvis spürt seinen Magen, aber diesmal ist es nicht der Hunger.

Ganz und gar nicht.

Baba hat ihn nicht mal richtig angesehen. Erst Küçük, jetzt Baba …

Elvis starrt auf den Teppich.

Zotteltrottel, denkt er.

Und: *Vermottel.*

Da spürt er, wie zwei kräftige Arme ihn packen. Und er riecht etwas sehr Vertrautes. Lakritz.

»Elvis, canım benim!«

»Baba!«

Elvis schlingt seine Arme um seinen Vater. Baba hebt Elvis hoch und versucht, sich mit ihm im Wohnzimmer zu drehen. Doch Baba ist zu schwach oder Elvis ist zu schwer oder beides. Baba setzt Elvis ab, hält ihn eine Handbreit von sich weg und mustert ihn.

»Und? Gewachsen? Noch schlauer geworden? Das Herz? Schlägt?«

Elvis nickt und knöpft hastig sein Hemd zu, damit Baba sein improvisiertes Pflaster nicht sieht. Baba nimmt sein Handgelenk, fühlt den Puls. Dabei schließt er seine Augen und zählt die Schläge. Dann macht er die Augen auf und nickt. »Sehr gut, Oğlum, mein Glück. Alles perfekt. Haare am Platz.« Er wuschelt Elvis durch die Haare, dass sie wie immer vor sein Gesicht hängen. »Obwohl, dein Zopf war auch sehr schön.«

Elvis zwingt sich zu einem Lächeln.

Baba gibt sich zwar große Mühe, aber er kann die Traurigkeit in seinem Gesicht nicht verbergen. Sie sitzt zu tief in seinen Augen. Auf seiner Wange ist der Abdruck des Teppichs. Jetzt wendet sich Baba an Dalia.

»Besuch«, sagt er mit trauriger Miene. »Das ist wunderbar.«

»Ähm«, macht Dalia verlegen.

»Elvis' Freundinnen sind meine Freundinnen!«, sagt Baba und sieht jetzt geradezu verzweifelt aus. »Auch wenn die Tage nicht mehr meine Freunde sind. Oder vielleicht gerade deswegen …«, setzt er leise hinzu, kratzt sich am Kopf und lässt sich zurück auf den Teppich sinken.

Dalia und Elvis hocken sich neben ihn.

»Ich bin Dalia. Sehr erfreut.« Dalia klingt so höflich, dass Elvis beinahe lachen muss.

Baba nickt. »Verzeiht mir, ich bin heute nicht ganz … welchen Tag haben wir noch mal? Da war, da war so etwas, so ein Nebel … ich bin, ich wollte doch …«

»Ist gut, Baba.« Elvis weicht Dalias Blick aus.

Sie steht auf und verschwindet in Richtung Küche. Mit

einem Glas in der Hand kommt sie zurück. Sie reicht es Elvis. Elvis gibt es seinem Vater, und der hält es vor sich und blickt es an, als hätte er noch nie ein Glas mit Wasser gesehen.

»Herr –«, beginnt Dalia.

»Sedat. Einfach bloß Sedat«, sagt Baba. »Ha. Zwei. Oh! Habt ihr so was schon gesehen? Erstaunlich. Wie schön so ein Glas Wasser ist. Die ganze Welt ist darin enthalten …«

Dalia beobachtet Baba fasziniert. Seine Bewegungen sind langsam, traumartig. Er trinkt. Dann betrachtet er wieder staunend das Glas in seiner Hand. Guckt in das Wasser. Trinkt noch mal. Und dann spricht Baba: »Besuch«, sagt er, »wunderschön.« Und dann sagt er noch etwas: »Ein Festmahl brauchen wir. Mindestens.«

Wie du einen Käfer kochst

Baba hat im Wohnzimmer gedeckt. Er hat die alte Kartoffelkiste als Tisch auf den Teppich gestellt, darauf ein Geschirrtuch mit drei Tellern und Gabeln und als Servietten eine Rolle Klopapier. Der Teppich der Familie Gursinski ist der gemütlichste Teppich aller Zeiten. Trotz der kahlen Stellen und der verfilzten Wolle. Er ist so groß, dass eine ganze Familie draufpasst, so weich, dass Elvis manchmal ganz schummrig davon wird, und so flauschig, dass er bis zur Nasenspitze darin versinkt. Liegend, versteht sich.

Früher haben die Gursinskis ganze Tage auf dem Teppich verbracht. Alle drei. Mama, Baba und Elvis. Sie haben sich mit Kissen beworfen, Kakao gekocht und dann hat Baba Geschichten erzählt und sie mit seinen Worten alle mit nach Imagistan genommen. Doch dann sind die Worte aus Baba herausgefallen, dann gab es Mamawochen und Babawochen und Geschichten gab es keine mehr. Nur noch die auf Sonett.

Der Teppich der Gursinskis kann aber auch eine Picknickinsel sein! So wie jetzt.

»Äh …, was gibts denn?«, fragt Elvis und ist plötzlich besorgt.

Es riecht so gar nicht nach Zucchinipuffern.

Baba hat ihnen ja nichts sagen wollen. Er hat darauf bestanden, das Festmahl höchstpersönlich und allein zuzubereiten. Er hat ihn und Dalia nach draußen geschickt, wo sie den Inhalt der Schubkarre zwischen Kompost und Mülltonne aufgeteilt haben. Und wo sie geschwiegen haben. Über den zweiten Stock haben sie geschwiegen, über den Schrank und über die Kleider. Vor allem über die Kleider. Küçük ist irgendwann dazugekommen und ihnen zwischen den Füßen herumgesprungen, als wäre nie etwas gewesen, und schließlich war es auch so, als ob nichts weiter passiert wäre, als dass sie ein paar Kleider anprobiert hatten, die dann doch nicht gepasst haben. Dann hat Baba sie zum Essen gerufen, und als Elvis Küçük mitnehmen wollte, denn Küçük tut Baba immer gut, da war das Eichhörnchen schon wieder verschwunden. Aber Elvis will nicht über Küçük und den zweiten Stock nachdenken, nicht jetzt.

Baba steht auf dem Teppich. Ein Geschirrtuch als Schürze, und auf dem Kopf trägt er etwas, das wohl wie eine Kochmütze aussehen soll. In Wahrheit ist es Uroma Gursinskis Kaffeewärmer, aber zum Glück weiß Dalia das nicht. Mit etwas Nachsicht könnte er als Kochmütze durchgehen, wie das Toilettenpapier als Servietten. Dalia hat offenbar Nachsicht.

Sehr viel sogar.

Sie betrachtet das Ensemble, sagt: »Perfektiös. Vielen Dank auch!«, und setzt sich artig hin.

Elvis holt Gläser und Leitungswasser aus der Küche, die viel zu sauber und aufgeräumt für *nach dem Kochen* aussieht und überlegt, wie um alles in der Welt er seinem Vater beibringen soll, dass Mama vielleicht für immer weg ist. Wann ist überhaupt der beste Zeitpunkt für eine solche Nachricht? Vor dem Essen? Nach dem Essen? Da ertönt ein Schrei aus dem Wohnzimmer.

»Aaaaaaaarghhhh! Neeeeeeiiiiiiiin!«

Elvis rast zurück.

Baba steht über den Topf gebeugt, den Deckel in der Hand, da. Sein Kopf ist kaum sichtbar in dem Dampf, aber dafür ist seine Stimme umso deutlicher: »Katastrophe!!! Meuchelei!!!«

Er lässt den Deckel fallen. Scheppernd prallt er am Topf ab, landet auf dem Teppich und eiert ein paar Zentimeter, bis er von der dichten Wolle aufgehalten wird. Baba presst die Hände auf seinen Mund. Er würgt, unterdrückt ein Schluchzen und krümmt sich. Dann sagt er: »Pardon, meine Damen und Herren«, und rennt, die Hände noch immer über dem Mund, aus dem Zimmer.

Elvis hört die Tür zum Bad, hört den Klodeckel und hört das andere. Dalia hört es auch. Elvis sieht zu Boden. Sein Gesicht ist heiß und hinter seinen Augen, hinter seinen Haaren lauern Tränen, und warum muss Dalia immer da sein und alles, *alles* mitkriegen?

Elvis spürt eine warme Hand an seinem Rücken. Eine Weile sitzen sie einfach da. Es ist gut, dass Dalia nichts sagt. Und als sie was sagt, ist es auch gut.

»Chill«, sagt Dalia und ihre Stimme klingt wunderbar nebensächlich. »Erwachsene sind so. Meine Großmutter auch.«

Elvis bezweifelt, dass Madame al Nour weint und laut rumkotzt, wenn sie Gäste im Nebenzimmer hat.

Aber es ist nett, dass Dalia das sagt.

Sehr nett sogar.

»Was gibt's denn Feines?« Dalia wechselt betont fröhlich das Thema. Sie klaubt den Topfdeckel vom Teppich und wirft einen Blick in den Topf. »Och je. Verstehe. Hm.«

Auf dem milchigen Spaghettiwasser, mitten auf dem Nudelgewirr, dem großen Festmahl von Baba, der eigentlich ein toller Koch ist, und Elvis weiß auch nicht, warum er *Spaghetti ohne was* als Festmahl bezeichnet, das ist nicht gut, das ist gar nicht gut, jedenfalls liegt da obendrauf auf den blassen Nudeln: ein Marienkäfer.

Nicht mehr ganz rot, eher hellbraun.

Sechs Punkte.

Vollkommen ausgekocht.

Meersalz, mittelfein

So ein Dalia-Magen, der hält wirklich was aus. So eine Dalia, die kann einen gekochten Marienkäfer einfach in die Hosentasche stecken, einen halben Topf *Spaghetti ohne was* verdrücken und »Schnickischnacki, wir essen jetzt. Lecker Festmahl. Danke auch!« sagen, und sie bringt es sogar fertig, sich mit einem Stück Klopapier so den Mund abzuwischen, dass es elegant aussieht. So eine Dalia vermag es ebenfalls, einen zitternden Baba aus dem Badezimmer zu bugsieren, große Erwachsenentränen mit Klopapier zu trocknen und sich zu freuen, wenn Baba sagt: »Gute Freundinnen zeigen sich an schlechten Tagen, Oğlum, sieh dir diese Dalia an.«

Und dann liegt Baba auf dem Teppich und Elvis macht eine CD an. *Babas Medizin-Mix II*. Eine flehende Stimme breitet sich im Wohnzimmer aus: *Sleeping, dreaming, floating, being … don't you ever wake me up. I just wanna lay here, Mama, until my lazy time is up, uhhhh …* Sie singt davon, dass sie schlafen gelassen werden will. Und überhaupt, warum sollen die Menschen früh aufstehen und herumwetzen, wo sie doch friedlich träumen können? *Don't you wake me, Mama, don't you dare, let me dream, worlds away, let me be.* Ich schlaf doch nur. Bin weltenweit weg. Treibe durch meine Träume …

Baba schläft jetzt auch. Elvis streichelt seine Haare. Dalia sitzt mit gekreuzten Beinen vor ihnen und pult an den Teppichzotteln. Elvis lehnt sich an seinen Vater. Es ist gemütlich, so zusammen auf dem Teppich zu sitzen. Wenn jetzt noch Mama … *Mama!* Elvis fällt alles wieder ein und dass er es Baba noch immer nicht gesagt hat. Aber wann auch. Und vor allem: wie?

Sorry Knuffelchen, musste weg. Mama

Elvis greift in der Tasche nach dem Zettel. Der ist schon ganz weichgefühlt. Ob er ihn Baba einfach geben soll?

Das nächste Lied beginnt. Der Rhythmus schlängelt sich durchs Zimmer und die Stimme von Babas Lieblingsmusiker steigt von tief aus dessen Seele auf und singt sich in Elvis hinein. Das ist echte Medizinmusik, die beruhigt und schlechte Gedanken fernhält.

Elvis sieht Erkin Koray vor sich: im türkischen Fernsehen, 1974. Schlaksig-dünn, mit Blumenanzug und langem

Haar. Schläfrig blickt er in die Kamera und singt über eine verlorene Liebe. *Yalnızlar Rıhtımını.* Es ist so schön, Koray singen zu hören. Seine Worte legen sich auf Elvis' Zunge, köstlich, wie ein gutes Essen. Elvis kann nicht anders, leise singt er mit.

Früher hat Mama immer mit den Augen gerollt, wenn Baba zu dem Lied auf dem Teppich getanzt und sie dabei so angesehen hat ... *Erkin Baba*, so nennt sein Vater seinen Lieblingssänger, klagt darin, ob er wohl der einzige Elende sei, in der Dunkelheit der Nacht; vom ganzen Weinen hat er schon Algen an den Augen und überhaupt ist er so vollkommen allein ... Elvis fühlt, wie sich eine Decke über ihn legt. Der Teppich ist weich, Baba ist warm und lakritzig ... und für den Moment vor dem Einschlafen vergisst Elvis, was gerade alles nicht stimmt. So sehr stimmt plötzlich alles.

Als Elvis wach wird, ist es Nacht. Babas Arm liegt schwer auf Elvis. Babas Rücken unter der Lederjacke hebt sich langsam und gleichmäßig. Es dauert einen Moment, bis sich Elvis' Augen so weit an die Dunkelheit gewöhnt haben, dass er Umrisse erkennen kann. Stereoanlage. Kissen. Kartoffelkiste. Dann sieht er Dalia. Nein, eigentlich spürt Elvis sie, bevor er sie sieht.

Er spürt etwas Heimliches.

Etwas Verstohlenes.

Und eine Art Aufregung spürt er auch.

Dann erst sieht er sie. Erst als dunklen Schatten, dann erkennt er ihre Umrisse: Diese weiten Riesenshorts, T-Shirt wie ein Zelt. Wippender Zopf. Dalia schleicht auf Zehenspitzen über den Teppich. Vielleicht will sie nach Hause gehen, will ihn und Baba nicht stören? Nein … sie hat etwas vor. Eindeutig! In ihrer linken Hand hält sie etwas. Eckig. Ein Buch? Dalia schleicht um Baba und ihn herum und murmelt leise vor sich hin. Was sie murmelt, kann Elvis nicht verstehen. Aus dem eckigen Ding rieselt es. Ja, echt. Es rieselt … Dalia schüttet etwas auf den Teppich. Und auf Baba! Vor Schreck oder vor Hunger, wer weiß das schon genau, knurrt Elvis' Magen laut.

Dalia dreht sich zu ihm um.

Ihre Augen sind geschlossen.

Das Ding in ihrer Hand ist Salz. Elvis ist sich plötzlich ganz sicher. Eine Packung Meersalz mittelfein von Birol. 1 Euro 29. Kauft er auch immer.

Elvis springt auf und packt Dalias Arm. Die Salzpackung landet auf dem Teppich, Dalia öffnet die Augen und sieht Elvis verwundert an.

»Oma?«, sagt sie und blinzelt verwirrt.

»Äh …«, sagt Elvis. Wenn Dalia Theater spielt, dann spielt sie gut. »Nicht so ganz … Elvis? Gursinski? Erinnerst du dich?«

Dalia öffnet die Augen ganz und sieht sich verwundert

im Zimmer um. Sie sieht Elvis an, sieht Baba an und dann fällt ihr Blick auf die Salzpackung auf dem Teppich. Sie runzelt die Stirn. »Sorry«, sagt sie. »Ich schlafwandle manchmal.«

Na klar.

»Schlafwandeln«, wiederholt Elvis. Er ist zu zweihundert Prozent sicher, dass das eine oberlahme Ausrede ist.

Dalia nickt eifrig: »Ehrlich, Gelatine. Kannste Oma fragen. Als ich klein war, hat sie mich sogar am Bett angebunden! Weil, einmal, da hab ich Zazie mit Seifenlauge gefüttert, sodass sie wie eine lebendige Seifenblasenmaschine durch die Utrechter spaziert ist. Sie hat sich die ganze Zeit gewundert, warum diese Horde Kleinkinder kreischend hinter ihr herläuft. Na ja, zu Hause hat sie es dann gemerkt ...«

»Wer ist Zazie?«, fragt Elvis und hebt die Packung Meersalz mittelfein vom Teppich auf.

»Omas Pelzkragen.«

»Ah. Sicher. Natürlich«, sagt Elvis.

»Mönsch, wenn ichs dir doch sage! Einmal, da habe ich in der Nacht, also beim Schlafwandeln, da hab ich dreiundzwanzig Brote mit Schuhcreme gegessen, weil ich sie im Schlaf für Schokoladenmus gehalten habe. Nur Omas *Käutersud Spezial* hat mich vor der Magen-Auspumperei im Virchow bewahrt. Na ja, das war wohl eher *Schlaf-Essen* als Wandeln ...«

»Bestimmt.«

Jetzt übertreibt Dalia echt.

»Ehrlich, Gelatine. Du *musst* mir glauben! Einmal, da bin ich im Schlaf sogar bis in die Schule gewandelt und am Morgen hat mich dann die Hausmeisterin zusammengerollt vor dem Lehrerzimmer gefunden. Alter, das war ein Terz! Die haben natürlich sofort beim Jugendamt angerufen, und Oma musste den Sachbearbeiter mit siebzehn Flaschen Liebestrank und einem Horoskop bestechen, damit er keine Akte anlegt. Oder Schlimmeres. Puhhh, das waren Zeiten!«

Elvis ist vollkommen klar, dass diese Geschichten nicht stimmen. Aber sie sind nicht so schlecht. Sie sind sogar einigermaßen okay. Zumindest so okay, dass auf Elvis' Gesicht eine Art Grinsen erscheinen will. Schade, dass Baba so einen guten Schlaf hat. Das hätte er sicher gern gehört.

»Das ist meine Gelatine!«, sagt Dalia und haut auf seinen Rücken. »Und jetzt: Gute Nacht euch zwei Süßen weiterhin, ich mach mich langsam auf die Socken. Nicht dass Ömchen noch losrollt, weil ich schon wieder *herumwandle!*«

Dalia nimmt ihren Rucksack, gibt dem schlafenden Baba die Hand und will gerade in den Flur gehen, da stolpert sie und knallt der Länge nach auf den Boden. Einen Moment liegt sie ganz still da.

Dann rappelt sie sich ächzend auf, reibt sich die Knie und das Kinn.

»Gelatine«, sagt sie leise. »Wenn du mir nicht eben ein Bein gestellt hast, wer war es dann?«

Madame al Nours Irrtum

»Ei-chen-rin-de«, wiederholt Madame al Nour und klopft dazu mit ihrem Totenkopfring auf den Küchentisch. »Und zwar dringend, Kummerkind. Ich kann kaum mehr sitzen!«

Dalia gähnt. »Kann ich mich nicht erst bisschen ausruhen? Ich hab kaum Schlaf gekriegt.«

Madame al Nour sieht sie ernst an. »Du willst ausruhen, Kummerkind? Sieben Klientinnen hatte ich gestern hier. *Sieben!* Weißt du überhaupt, was das bedeutet? Ich bin ausgelaugt. Vollkommen ausgelaugt. Du weißt doch, Dalia, dass ich …«

Dalia weiß. Sie kennt es auswendig. Alles muss *perfektiös* sein, wenn die Sprechzeit ihrer Großmutter beginnt. Nein, nicht, wenn sie beginnt. Schon sieben Minuten davor. Um 16:53 – *allernotfallspätestens!* – hängt das Schild draußen an der Tür. Da ist der Tee gekocht und die Gläser stehen bereit, die Hände von Madame al Nour und Dalia sind sauber geschrubbt und die Frisuren sitzen. Ferner ist es erforderlich, dass ein Räucherstäbchen angezündet ist und seine reinigende Wirkung in der Wohnung entfaltet. Der Flur ist gefegt, ebenso sind die Küche und die Toilette gelüftet und mit frischen Handtüchern bestückt. Denn ohne diese Maßnahmen kann das Wichtigste nicht geschehen: die innere Vorbereitung! Und die ist enorm wichtig, jedenfalls laut Madame al Nour. Ohne innerlichste Ruhe und absolutöseste Konzentration kann sie sich ihren Klientinnen nicht voll und ganz widmen, bedingungslos für sie da sein, nicht spüren, was sie brauchen.

Denn das ist oft etwas ganz anderes als das, was sie wollen.

»Wenn alle bloß kriegen, was sie wollen«, sagt Madame al Nour stets, »dann *Adieu, schnöde Welt!*«, und die Stimme, mit der sie *Adieu, schnöde Welt!* sagt, hört sich nicht besonders hoffnungsvoll an.

Dalia findet das alles komplett übertrieben. Sie würde gerne mal das bekommen, was sie will.

»Von innerlichster Ruhe und absolutösester Konzentration konnte gestern natürlich nicht die Rede sein«, schimpft Madame al Nour.

»Natürlich nicht«, sagt Dalia. »Verzeih.«

Madame al Nour winkt ab. »Damit meine einzige Enkelin ihre Zwischenprüfung besteht, bin auch ich bereit, Opfer zu bringen. Wenn nur meine Sitzfläche nicht wäre, *ach!* Langsam werde ich wirklich alt.«

Es war Madame al Nour schon einmal passiert, dass sie eine Sprechstunde unvorhergesehen allein abhalten musste. Ihre Enkelin hatte nachsitzen müssen, wegen irgendeiner Sache auf dem Schulhof. Damals war die Mutter von dem Friedhofsjungen zu ihr gekommen. Sie hatte was von *Warzen zeichnen* erzählt, aber eigentlich sah sie mehr nach Liebeskummer aus, und in ihrer Verwirrung – die natürlich nur daran lag, dass Dalia ihr nicht bei den Vorbereitungen geholfen hatte – hatte Madame al Nour der Dame Kamillentee verschrieben. So ein Blödsinn!

»Ich kann nur hoffen, dass ich gestern alle angemessen behandelt habe ...«, murmelt Madame al Nour.

»Gewiss, meine Liebe. Gewiss«, knurrt es aus dem Flur.

Zazie wieder, die alte Schleimerin! Dalia schnaubt wütend.

»Und nun«, sagt Madame al Nour, »lass sehen. Hast du es geschafft?«

Dalia wühlt in ihrer Hosentasche, befördert ein Häufchen Salz hervor und hält es ihrer Großmutter unter die Nase.

Die betrachtet es missbilligend. »Du solltest dringend an einer sauberen Ausführung arbeiten! Da ist ein Schafshaar drin! *Verunreinigungen jeder Art schmälern* –«

»*Die Wirkung. Lektion 9.* Ich weiß.« Dalia seufzt und klaubt den Teppichfussel aus dem Salz. Diesmal macht sie alles selbst. Sie zündet die Bienenwachskerze an und wartet, bis die Flamme gleichmäßig brennt.

Madame al Nour sieht ihr zu und nickt.

»Aus der Stille. Aus der Dunkelheit. Mit dem Salz. Ins Licht«, sagt Dalia. Sie bemüht sich, würdevoll zu klingen, aber es hört sich eher an, als hätte sie eine Motte im Hals. Dalia räuspert sich.

Dann lässt sie das Salz, das in der Nacht mindestens eine ganze Stunde lang in Sedat Gursinskis Handfläche gelegen hat, in die Kerzenflamme rieseln.

Es knistert, es zischelt und dann steigt ein schwarzes Fünkchen auf. Bevor es in der Luft verglüht, verfärbt sich die ganze Flamme schwarz.

Sie lodert auf, brennt für genau drei Sekunden stark – und verlischt.

In der kleinen Küche riecht es fürchterlich. Nach Lakritz.

Dalia ist sich nicht sicher, ob das ein gutes oder ein schlechtes Zeichen ist. *Schwarze Flamme* … irgendwas war da doch, in Lektion 14 … in Dalias müdem Kopf ist alles verschwommen.

Madame al Nour springt auf. *»Ach«,* stöhnt sie, »mein Allerwertester! Bitte kümmere dich gleich um die Eichenrinde. Es dauert dann ja noch drei Tage, bis ich den Sud hergestellt habe und endlich wieder normal sitzen kann …«

Dann klatscht sie in die Hände und setzt sich wieder. »Wie ich vermutet habe, Kummerkind. Wir haben es hier mit einem besonders ausgeprägten Fall zu tun! Na? Lektion 14, Dalia?!«

Lektion 14, Lektion 14, was soll das heißen? Dalia hat zwar alles noch mal durchgelesen, aber gerade fällt ihr überhaupt nichts mehr ein. Wenn sie wenigstens einen Sauerpommes hätte! Der macht das Hirn wach.

»Sie hat nicht gelernt …«, stöhnt Madame al Nour.

»Gewiss, meine Liebe«, kommt es aus dem Flur.

»Eines Tages versetz ich dich beim Trödler, Zazie«, zischt Dalia und dann weiß sie es wieder. Sie sieht die Seite aus dem Lehrbuch ihrer Großmutter genau vor sich: *Wenn sich eine Kulmination von starker, schlechter Energie eines Menschen auf andere überträgt und bei diesen Unwohlsein, Schmerzen und/oder langwierige Krankheiten herbeiführt, gilt es, Nazar, den bösen Blick, zu bannen. Empfehlenswert sind hierbei die vielfältigen Rituale mit Salz (s. Lektion 9).*

Zur Vorbeugung gegen den bösen Blick empfiehlt es sich, Amulette zu tragen und/oder in Wohnräumen anzubringen (s. Nazar-Amulett).

»Lektion 14«, sagt Dalia matt, »*Nazar*. Auch bekannt als: *der böse Blick*.«

o-leum

Was macht Elvis Gursinski nach so einer Nacht? Nach so einer Teppichnacht, nach einer Nacht mit Flunkereien und Heimlichkeiten? Elvis beschließt zu machen, was er immer macht: abwarten.

Baba schläft lange an diesem Morgen. Elvis versucht nicht, ihn zu wecken. Er weiß noch immer nicht, wie er Baba das mit Mama und dem komischen Zettel sagen soll. Also schleicht er sich aus dem Wohnzimmer, aus dem Haus hinaus. Er will endlich Küçük suchen. Die Zuckerdose ist sicher im Küchenschrank verstaut, da kommt sie nicht mehr ran. Vielleicht baut sie sich ja endlich einen Kobel, ein neues Nest in einem anderen Baum.

Der Morgen ist kühl und noch immer weht ein leichter Wind. Elvis blickt in die Kronen der Friedhofsbäume. In die Birken und Eichen, die Robinien und Götterbäume, die Zypressen, Douglasien und Platanen. Und wie er so geht, den Kopf in den Nacken gelegt, verändert sich sein Blick. Elvis ist *in* den Blättern. In einem Meer aus Blättern, spitzen und runden, länglichen, kleinen und großen, schwebt er dahin. Zumindest fühlt es sich so an. Elvis ist auch gar nicht mehr Elvis, er ist nur noch ein grünes Sein, das an nichts denkt. Und das ist ein ziemlich angenehmes Gefühl. So schwebt Elvis, leicht und grün – bis ihm aufgeht, dass in keinem der Bäume auch nur der Zipfel eines Eichhörnchen-Kobels zu sehen ist. Und schon gar kein fertiges Nest aus Zweigen und Gras.

Und keine Küçük.

»Geister lieben Bäume«, sagt jemand neben ihm. »Der Wind in den Blättern trägt ihre Gedanken fort und sie werden ganz ruhig. Sie wehen davon.«

Elvis fährt herum. Dalia gähnt verstohlen und bemüht sich, ihn vollkommen unschuldig anzulächeln. Das kann sie ziemlich gut, aber Elvis fällt nicht darauf rein. Nicht mal ihre Klassenlehrerin nimmt ihr die Miene noch ab.

Trotzdem ist er erleichtert, dass Dalia wieder da ist.

»Hast du eigentlich noch den Käfer?«, fragt er.

Irgendwas muss er ja sagen.

Dalia grinst und klopft auf ihre Hosentasche. »Nicht nur den einen, Gelatine«, sagt sie und grinst. »Hat doch Gesellschaft bekommen. Schecki?«

Käferparty, denkt Elvis.

Und: *Totentanz.*

Keine Ahnung, wo das jetzt herkommt.

Dalia nickt weise. »Leben und Tod, Gelatine. Der ewige Kreislauf.« Dann grinst sie. »Was ist deiner? Na sag schon! Ich wette, du hast einen.«

»Einen was?«

Elvis hat nicht die leiseste Ahnung, wovon Dalia spricht.

»Mönsch, Gelatine. Grabsteinspruch natürlich! Für wenn du *für immer nach Hause gehst.* Also …«, Dalia räuspert sich, »mit hundertzweiunddreißigeinhalb oder so.«

Hm.

Es ist komisch, obwohl er sich jeden Tag auf dem Friedhof aufhält und sämtliche Grabsteinsprüche auswendig kann, hat Elvis noch nie darüber nachgedacht, was einmal auf seinem eigenen Grab stehen soll.

»Also ich nehm den«, verkündet Dalia:

Gestatten Sie, dass ich liegen bleibe.

»Gut? Ach nee, irgendwie zu höflich. Vielleicht, hm …« Sie rubbelt an ihrer Nase. Das sieht fast ein bisschen aus wie Küçük, wenn sie sich putzt. *Nicht vergessen: Küçük finden, sie tut Baba gut,* macht sich Elvis eine Notiz in seinem Kopf.

»Warte, ich habs gleich!« Dalia ist fertig mit Rubbeln. »Hier liegen meine Gebeine. Genau. *Gebeine* ist gut. Also: Hier liegen meine Gebeine. *Keine, seine, Steine,* nee. Warte! Ha!« Dalia macht eine kunstvolle Pause. »Gelatine, bist du bereit?«

»Bereit«, sagt Elvis und schabt mit seiner Sandale über den Sand. Was soll er auch sonst sagen?

Und Dalia sagt mit salbungsvoller Stimme:

Hier liegen meine Gebeine. Ich wollt, es wären deine!

»Gut«, sagt Elvis und nickt. »Passt.«

Denn das tut es.

»Meinst du echt?«

Elvis nickt. »Perfekt.«

Der Spruch kommt ihm irgendwie bekannt vor. War das nicht irgend so ein Dichter aus ihrem Deutschbuch? Hm …

»Torte. Und jetzt bekommen die einen!« Dalia streckt Elvis ihre Faust entgegen und öffnet sie langsam. Auf ihrer Handfläche liegen die zwei toten Käfer. Der ziemlich aufgespießte Mistkäfer und der ausgekochte Marienkäfer von Babas *Festmahl*. Der Mistkäfer ist ziemlich lädiert. Elvis ist sich allerdings nicht sicher, ob es von seinem Todesstoß mit der Harke oder dem mehrtägigen Aufenthalt in Dalias Hosentasche kommt.

»Okay«, sagt er. »Komm mit.«

Elvis geht voraus in den efeubewachsenen Teil des Friedhofs. Dalia folgt ihm. Bei der Bank unter der Birke halten sie an.

»Hier? Sicher?« Dalia blickt sich skeptisch um.

»Sicher.«

»Sicher sicher? Ich meine: Wirklich? Ich meine, nichts gegen –«, Dalia kneift die Augen zusammen und betrachtet den Grabstein, »*Elfriede Schumschill*. Noch so ein Kartoffelname. Puh. Ja, sorry, nichts gegen Friedelchen hier, aber ich meine, da hinten, mit den Engeln, Trauerweide und so, da ist es doch viel eleganter!«

Elvis muss grinsen. Dalia steht also auf altmodischen Pomp. Vielleicht wäre dann doch ein anderer Grabspruch passender für sie: *Jenseits des Grabes gibt es keine Tränen – nur namenlose Ruhe* vielleicht? Nein, *namenlose Ruhe* passt kein bisschen zu Dalia. *Nicht getrennt – nur vorausgegangen?*

Vielleicht ganz schlicht: *Du fehlst*. Ja.

Aber Dalia hat natürlich Recht. Wahnsinnig elegant ist diese Ecke des Friedhofs nicht. Doch es ist nun mal der Ort, an dem die Insekten ihre letzte Ruhe finden.

Elfriede Schumschill schnarcht und träumt von Torte, einem schaumigen Traum mit luftiger Zitronencreme gefüllt und gerösteten Mandelsplittern obendrauf. Elvis kniet sich vor das Grab und steckt eine Hand in den Efeu an Elfriede Schumschills Fußende.

»Oha!«, sagt Dalia.

Doch dann sieht sie still zu, wie Elvis' Hände in die grünen Blätterranken greifen und etwas unter dem Efeu hervorziehen. Er ruckelt ein bisschen, er zuckelt ein bisschen und dann zieht er eine flache Kiste hervor.

»Oha«, sagt Dalia noch mal.

Was Elvis in seinen Händen hält, ist so eine Art Setzkasten aus Holz. Mit einer durchsichtigen Plexiglasscheibe als Deckel. Elvis pustet Erdkrümel und Efeureste weg, dann hebt er ihn vorsichtig an. Dutzende kleine und größere Fächer hat der Kasten und in jedem dieser Fächer liegt eine kleine Leiche. Grashüpfer, Moder- und Rosenkäfer, Ameisen und Bienen, eine Hummel und sogar der länglich-braune Rücken eines Maikäfers sind zu sehen. In einem Fach liegt, mit nur noch einem Flügel, ein Tagpfauenauge. Daneben ein vertrockneter Kohlweißling. Noch mehr Schmetterlinge und dann wieder Käfer. Käfer um Käfer, grüne längliche und runde kleine, braune oder schillernd bunte.

»Ich werd verrückt. Ein Käfer-o-leum«, sagt Dalia mit tonloser Stimme.

»Was?«

»Na ja. Sind ja keine Mäuse drin, dann wärs ein Maus-o-leum. Schecki?«

Dalia wieder. Sie sollte später einen Job beim Duden kriegen, denkt Elvis. Da kann sie sich lauter neue und gute Wörter überlegen.

»Käfer-o-leum. Klar. Was auch sonst«, antwortet er.

»Was auch sonst«, wiederholt Dalia und sieht ziemlich zufrieden mit sich aus.

Ungefähr die Hälfte der Fächer des *Käfer-o-leums* ist belegt.

»Hier und hier«, sagt Elvis und deutet auf zwei freie Fächer.

Dalia hält ihre Hand mit den toten Käfern neben das Käfer-o-leum.

»Und jetzt?«

»Ein Gebet natürlich«, sagt Elvis.

»Oh.« Dalia schließt die Augen. »Natürlich. Aber du bist der Leichenfuzzi.«

»Wie bitte?!«

»Äh, sorry. *Offizieller Totengräber*. Du buddelst sie wieder ein.«

»Abgemacht.«

Dalia räuspert sich.

»Du gabst dein Leben für den guten Geschmack einer Packung Spaghetti hin. Es war sehr lecker. Danke, oh Käfer du«, sagt sie mit der salbungsvollen Stimme von vorhin.

»Doch nicht so. Richtig! Das ist kein Witz.« Elvis spürt wieder die zitronengelbe Wut in seinem Bauch. Wieso zeigt er Dalia das alles eigentlich?

Dalia hebt die Schultern und guckt furchtbar unschuldig. »War ernst gemeint. Na gut«, sie räuspert sich wieder.

Dann klingt ihre Stimme ganz normal: »Kleiner Käfer, ruhe in Frieden. Und möge die Macht mit dir sein.«

Elvis nickt. Das war doch gut. Er legt den gekochten Marienkäfer in ein kleines Fach oberhalb der Feuerwanze mit drei Beinen. Dann nimmt er den Mistkäfer aus Dalias Hand. Sein blauschwarzer Panzer schimmert im Licht. Wenn da nur nicht das Loch wäre …

»Möge die Macht mit dir sein. İnşallah kommst du in den Käferhimmel, mein Guter«, sagt Dalia und macht eine so feierliche Miene dabei, dass Elvis fast ein bisschen gerührt ist.

Der Mistkäfer findet seine letzte Ruhe in einem etwas größeren Fach weiter unten. Elvis will gerade den Deckel schließen, da zwängt Dalia noch schnell die Köpfe zweier Gänseblümchen hinein. Für jeden Käfer eines. »Für die Schönheit«, sagt sie. Und: »Gute Reise, ihr zwei.«

Komischkaffee

Sedat Gursinski sitzt im offenen Wohnzimmerfenster und lässt die Füße nach draußen baumeln, Richtung Friedhof. Dalia sieht nur seinen Rücken, und selbst der sieht traurig aus. Draußen geht Gelatine mit seiner Schubkarre umher. Er hievt Äste hinein, verschwindet hinter Bäumen und Büschen und taucht wieder auf, Blätter und silbrig glänzende Plastikfetzen im Arm.

Dalia balanciert eine randvolle Kaffeetasse durch das Wohnzimmer.

Bestimmt denkt Herr Gursinski gerade darüber nach, wie *nett* sein Sohn ist, dass er immer an die anderen denkt und an sich zuletzt – denn als Dalia leise neben ihn tritt, quillt eine Träne aus seinem Augenwinkel, rollt seine Wange hinunter und versickert in seinem Drei-Tage-Bart.

Dalia hält die Tasse mit dem frisch gebrühten Kaffee in Gursinski-Nasenhöhe. Sie sieht aus wie selbstgemacht. Die Tasse, nicht die Nase! Ein knallbuntes Foto ist darauf, von einem grinsenden Typen mit einer auffälligen Nase, langen Haaren und einem wild gemusterten Hemd. *Erkin Koray* steht darunter. Dalia kann natürlich nicht wissen, dass es sich um Babas Lieblingssänger handelt. Und dass Peggy Gursinski ihrem Mann die Tasse zur Hochzeit geschenkt hat, auch nicht. Elvis' Mutter hat die Tasse extra anfertigen lassen, im Copy-Shop neben der Schule.

Aber wichtig ist auch nicht das, was auf der Tasse drauf ist.

Wichtig ist das, was drin ist.

Lektion 14, *leicht* abgewandelt. *Dalia-Spezial-Rezeptur*.

Herr Gursinski schnuppert. Er runzelt die Stirn und schnuppert nochmal. Dann nimmt er die Tasse aus Dalias Hand und trinkt.

Einen Schluck.

Zwei.

Drei.

Nichts passiert.

Hm, denkt Dalia.

Und jetzt?

Herr Gursinski verzieht das Gesicht.

Dann verzieht er es noch ein bisschen mehr.

Und dann verzieht er sein Gesicht zu einer fürchterlichen

Grimasse. Er dreht den Kopf, sieht Dalia an und schwingt seine Beine ins Zimmer. Dalia macht einen Schritt zurück, damit er ihr nicht auf die Füße spuckt. Doch jetzt verändert sich Sedat Gursinskis Gesicht erneut. Er blickt erstaunt und dann erscheint ein Lächeln in seinem Gesicht, ein ganz feines.

»Komischkaffee«, sagt Elvis' Vater und kichert heiser.

Er nimmt noch einen Schluck und noch einen und dann trinkt er die ganze Tasse aus. Und plötzlich sieht es so aus, als würde in Sedat Gursinskis Kopf eine Schiebetür aufgeschoben. »Danke für den Kaffee, Frau Doktor. Nur die Würzung war etwas *ungewöhnlich*. Weißt du: Ich bin vielleicht manchmal etwas melancholisch«, Herr Gursinski wackelt mit den Zehen, »aber ich bin nicht völlig aus der Welt. Jedenfalls nicht *mehr!*« Er springt auf und reckt sich und streckt sich, dass es knackt und knirscht.

Dalia ist nicht sicher, ob das Knirschen von seiner Lederjacke oder von irgendwo aus seinem Inneren kommt.

Sie sieht Sedat Gursinski an.

Seine Augen sind viel klarer als gestern. Gut, er ist noch immer faltig und strubbelig und riecht nach Lakritz. Aber ja, er scheint doch ein anderer Elvis-Vater zu sein als noch vor ein paar Minuten.

Ob sie … ob sie es *geschafft* hat?

Etwas in Dalia jubelt.

Sie wird einen Totenkopfring bekommen und ein Zertifikat auf wertvollem Papier und vielleicht wird Oma sogar mit ihr essen gehen, ins *Café Old Style* am Leo, Pizza mit allem! Und zum Nachtisch in die *King Konditorei*, Maamoul essen, Pistaziennester und Milchpudding ... Hach!, da spürt sie eine Hand auf ihrer Schulter.

Sedat Gursinskis Augen sind freundlich, aber sein Blick ist streng.

»Das mit dem Salz im Kaffee war eine hervorragende Idee, Dalia al Nour«, sagt er. »Aber diese Nazarlıks überall! Ich kann diesen Aberglauben nicht ausstehen. Also sprich: Wo hast du die Dinger noch überall angebracht, während ich aus dem Fenster geträumt habe – außer hinter Peggys Stereoanlage? Na, guck nicht so. Ich höre wie eine Katze!«

Dalia guckt auf den Teppich.

Dass sie auch *niemals* einfach mal was richtig machen kann!

Sie war so überzeugt, dass Elvis' Vater von Nazar paralysiert gewesen ist, dem bösen Blick. So einer kriegt eh nichts mit, hat sie gedacht. Mist. Vielleicht hätte sie nicht ganz so laut sein dürfen. Immerhin hat er das Schwarzkümmelöl an den Türklinken und die magischen Knoten im Teppich nicht entdeckt! Dalia hat tatsächlich das ganze Programm aus Lektion 9 und 14 ausgeführt und sich einiges dazu selbst ausgedacht. Freestyle für ein paar Extrapunkte! Sie *muss* diese Prüfung einfach bestehen.

Herr Gursinski folgt ihr durch das ganze Haus. Unter seinen wachsamen Augen nimmt Dalia alle Amulette ab, die sie kurz davor angebracht hat. Runde, blaue Augen aus Glas, die vor dem bösen Blick schützen sollen. Sechs Stück sammelt Dalia ein. Eins hat sie über die Haustür gehängt und dann ist da natürlich das hinter der Stereoanlage, in Teppichnähe. Eins ist in der Küche, eins an der Hintertür und eins im ersten Stock neben Gelatines Zimmer und eins im Flur im zweiten Stock. Dalia dreht sich um und sieht Herrn Gursinski mit ihrem *Bitte-bitte-Blick* an. »Kann dieses eine Klitzekleine nicht hängen bleiben? Es tut ja niemandem weh, es –« Baba unterbricht sie: »Ich kann diesen *Schnickischnacki* – wie du sagen würdest – nicht ausstehen. Überall diese Augen! Augen, Augen, Augen! Brrr! Gibts noch Kaffee?«

Zurück im Wohnzimmer schlürft Sedat Gursinski genüsslich eine zweite Tasse Komischkaffee. Dalia sitzt neben ihm auf der Fensterbank und Gelatine geht noch immer draußen umher mit seiner Schubkarre. Dalia weiß auch nicht, aber irgendwie rührt sie der Anblick. Dieser verstrubbelte Vater, dieser ernste Sohn, also beschließt sie, Gelatine noch ein bisschen mehr zu helfen. »Gela–, also ihr Sohn«, sagt sie, »der wollte Sie nicht beunruhigen. Aber ich denke, es ist wichtig, dass Sie die Wahrheit wissen.«

»Elvis? Wahrheit?« Elvis Vater blickt alarmiert von seiner Tasse auf.

Dalia nickt. »Ihre Frau ist weg. Na ja: vermutlich.«

Sedat Gursinski senkt den Kopf. Einen Moment sitzt er nur so da und starrt auf den Teppich. Dalia befürchtet schon, die Wirkung des Salzes habe nachgelassen, da springt er auf. Sein Blick ist entschlossen und auch ein bisschen ... *komisch*.

»Sedat Gursinski!«, ruft er in den Raum hinein. »Jetzt machst du Schluss mit dem Gewaber!«

Ob Dalia vielleicht *zu viel* Salz in seinen Kaffee geschüttet hat?

»Es reicht, Alter«, sagt Herr Gursinski zu sich selbst und reißt sich an seinen eigenen Haaren. »Hast du verstanden?!«

Und dann sieht Dalia Elvis' Vater fasziniert dabei zu, wie er – ja, wie er seinen eigenen Kopf wieder geraderückt. Es knackt dramatisch, dann schüttelt Sedat Gursinski seine Haare aus und sieht Dalia aus klaren Augen an. Und dann knurrt etwas. Ziemlich laut. *GROOOARRR*, so in etwa. Es kommt eindeutig aus Sedat Gursinskis Bauch.

»Haben Sie Hunger?«, fragt sie.

Sedat Gursinski sieht Dalia verdutzt an.

»Woher weißt du das?«

Dalia kramt in ihrem Rucksack und reicht Elvis' Vater einen blauen Pommes.

»Hier. Ist bio«, sagt sie.

Da ist auf einmal ein Schmunzeln in Sedat Gursinskis

Mundwinkel. Und dann grinst Elvis' Vater, erst ein bisschen und dann immer breiter, bis schließlich das erste laute Lachen seit Jahren aus ihm herauskommt. Es klingt ein bisschen kratzig.

»Dalia al Nour«, sagt er, als er fertig gelacht hat, und sieht sie mit feierlicher Miene an. »Du bleibst noch etwas bei meinem Sohn, ja? Ich weiß, was ich tun muss. Mag sein, ich habe meine Liebe verloren. Mag sein, meine Seele ist in 999 Teile zersprungen. Mag sein, ich habe zu lange geschlafen. Aber das alles gehört der Vergangenheit an, denn nun bin ich wach! Und ich eile mit fliegenden Schritten der Zukunft zu, ich –«

»*Wohin* eilen Sie?«, unterbricht Dalia Baba.

Er sieht sie überrascht an.

»Zu Birol natürlich«, sagt er. »Er ist unser Trauzeuge. Na ja, derzeit wohl eher amtierender *Trauerzeuge*. Und er weiß immer Rat.«

Dalia zuckt mit den Schultern und geht hinaus. Ihre Aufgabe hier ist erledigt.

Und so bekommt sie nicht mit, dass Sedat Gursinski, kaum dass sie aus der Tür ist, herzhaft gähnt, sich auf dem Teppich zusammenrollt – und einschläft.

Die Falle

Dalia ist zufrieden mit sich. Komplett. Sie hat es nicht nur geschafft, Sedat Gursinski vom bösen Blick zu heilen, sie hat, das spürt sie ganz deutlich, etwas *sehr, sehr Gutes* getan für diese seltsame Familie auf dem Friedhof. Jetzt muss sie nur noch ein bisschen Eichenrinde für ihre Großmutter einsammeln, sich auf dem Rückweg bei Herrn Hildebrandt ein Stückchen Butterkuchen einverleiben und dabei einem weiteren Teil seiner Lebens-Story anhören. Und dann – tja, dann wird sie ihrer Großmutter die große Neuigkeit unterbreiten. Dass sie, Dalia al Nour höchstpersönlich, nämlich soeben ihre Zwischenprüfung bestanden hat!

Okay, na ja, vielleicht wird ihre Oma es nicht so perfektiös finden, dass nur noch eins von sieben Nazar-Amuletten hängt, aber eins reicht eh und sonst ist doch alles top gelaufen! Sie hat sich diesmal auch wirklich sehr bemüht, absolut perfekt zu sein … Dalia geht zu dem großen Baum, wo sie Küçük das erste Mal gesehen hat. Ein ansehnliches Häufchen aus reifen Eicheln liegt da. Gelatine hat ihr alles genau erklärt, wie das geht mit den Vorratskammern. Eingebuddelt hat Küçük ihre Vorräte aber noch nicht. Wo ist sie überhaupt?

»Küçük!«, flüstert Dalia.

Nichts passiert.

Lauter will sie nicht rufen, sonst hört Gelatine sie am Ende noch. Nee, nee, der soll mal schön weiter seine Äste aufsammeln und später mit seinem Vater eine rührende Familienzusammenkunft feiern, wenn der von Birol zurück ist, mit einem großen Einkauf für ein *Festessen ohne Käfer* oder so. Sie wird dann in ihr ganz normales Leben zurückkehren. Und wenn in drei Wochen die Schule wieder losgeht, haben sie und Gelatine längst vergessen, was sich in den Ferien auf dem alten Friedhof zugetragen hat. Nur manchmal, wenn niemand hinsieht, wird sie ihm auf dem Schulhof zuzwinkern.

Ganz heimlich.

Vielleicht.

Neben dem Feldstein liegt ein fetter Ast im Lavendelbusch. Um den Ast herum liegt Eichenrinde. Richtig viel. Perfekt für Großmutters *Eichenrindensud Extra Plus – gegen Beschwerden aller Art am Allerwertesten.* Dalia sammelt die schönsten Stücke ein und steckt sie in den Rucksack.

Da spürt sie mit Macht ihre Müdigkeit.

Ja, sie ist auf einmal so müde, dass ihr für einen Moment ganz schwindelig wird.

Vielleicht wenn sie … nur einen kurzen Moment … die Augen zu …?

Wind kommt auf. Er fährt in die Zweige der Eiche. Das Rauschen der Blätter klingt nach Meer und Ruhe, nach Ruhe und Meer und ist so beruhigend, dass Dalia sich gegen den Stein lehnt und die Augen schließt.

Selbst wenn sie es wollte, sie könnte gar nichts tun gegen diese bodenlose Müdigkeit, die sie umfängt.

Im Traum sieht Dalia sich selbst auf dem Friedhof. Die Nacht ist blauschwarz und doch sind nur wenige Sterne am Stadthimmel zu sehen. Sie ist allein. Im Haus ist niemand, hinter den Fenstern ist es dunkel. Nein, hinter dem runden Fenster im zweiten Stock sieht sie einen Schimmer wie von dem Rücken eines Mistkäfers.

Wo sind sie nur alle, denkt Dalia.

Sedat Gursinski und Gelatine und seine Mutter?

Da sieht sie etwas aus dem Augenwinkel. Ein Huschen. Es verschwindet hinter einem Grabstein. Dann hört sie das Keckern. Laut. Und auffordernd.

Dalia spürt ganz deutlich, dass sie Küçük fangen muss.

Ja, es ist ihre heilige Aufgabe, das kleine Eichhörnchen zu retten!

Retten vor ... hm. Dalia weiß auch nicht genau, wie der Satz weitergeht. Aber sie läuft in die Richtung, aus der sie das Huschen gesehen hat. Da ist es wieder! Vorne rechts. Bei dem großen Steinquader mit der unleserlichen Schreibschrift. Obendrauf sitzt Küçük und putzt sich die Nase. Dalia will gerade nach ihr greifen, da ist das Eichhörnchen schon weggesprungen. Oder geschwebt? Ja, für einen kurzen Moment sah es beinahe so aus, als würde Küçük in der Luft schweben. Aber das kann ja gar nicht sein. Küçük keckert, als würde es sich über Dalia und ihre Gedanken lustig machen. Küçük entfernt sich von Dalia, hält kurz inne, als würde sie warten, dann bewegt sie sich weiter, ist kurz verschwunden und erscheint plötzlich hinten bei einem alten Baum. Und so geht es weiter und weiter. Küçük und Dalia jagen über den Friedhof, bis sie im uralten Teil ankommen. Hier gibt es alte Kreuze, schiefe Grabsteine, traurige Engel und über allem ausgebreitet: die Efeuranken. Die Bäume hier sind alt und knorrig. Geduckt trotzen sie den Jahrhunderten. Einige der Grabplatten haben Risse und sind schon ganz bröckelig. Das trübe Licht einer Straßenlaterne von jenseits der Friedhofsmauer scheint auf eine Trauerweide. Küçük keckert leise, fast mutlos.

Aber hey, das hier ist ein Traum – und im Traum geht alles!

Dalia versucht, selbst wie ein Eichhörnchen zu springen. Vielleicht kann sie ja auch schweben? Aber nein, es klappt nicht. Sie versucht noch mal, in die Luft zu springen, kommt aber nicht sehr weit. Stattdessen stolpert sie über einen Grabstein. Na toll. Dalia rappelt sich auf und ruft laut: »Küçük! Süße! Ich bins doch bloß! Kleinchen! Warte!«

Dalia achtet nicht mehr auf ihren Weg. Sie fällt fast auf eine Grabplatte mit einer steinernen Statue darauf. Einer liegenden Statue. Ein Mädchen.

Elvis hat Dalia von ihr erzählt. Im Jahr 1856 verstarb die einzige Tochter eines Steinmetzes und seiner Frau an Masern. Auf der Grabplatte liegt ihr Abbild, bis zum Kinn mit einem steinernen Tuch bedeckt. Das Mädchen sieht nett und friedlich aus, sie ist etwa so alt wie Elvis und sie selbst. Früher, so hieß es, seien ihre Eltern jeden Tag zum Grab gekommen, haben ihr vorgelesen und Blumen auf die Brust gelegt. Bis sie sie irgendwann nicht mehr besuchen konnten, weil sie selbst zur letzten Ruhe gebettet wurden.

Die Blätter der Trauerweide hängen bis auf das steinerne Mädchen hinunter. Dalia klaubt ihr ein Blatt von der Wange. In den Ästen über ihr raschelt es.

Küçük!

Dalia reckt sich vergeblich nach dem Eichhörnchen. Sie geht in die Knie und springt nach oben (schade, dass ihr Sportlehrer Knochenbrecher-Schinder sie nicht sieht!) und berührt Küçük am Schweif. Doch ihre Springkraft reicht nicht aus, und beim Landen knallt sie auch noch mit dem Knöchel gegen eine scharfe Kante und verliert das Gleichgewicht.

Im Fallen sieht sie die Krümel, weiß und winzig, wie Salz oder nein ... Zucker natürlich, und sie sieht ein viereckiges Grabmal mit einem Nachtfalter drauf und einen verblassten, grünlichen Aufkleber, der an der Seite klebt. Und als Dalia al Nour ins Dunkel unter sich stürzt, nimmt ihr Gehirn in Sekundenbruchteilen folgende Aufschrift wahr:

ACHTUNG!
Dieses Grabmal ist nicht standsicher und muss
fachgerecht befestigt werden.
Die Friedhofsverwaltung

Telepaphon

Madame al Nour sitzt in ihrer Küche und grübelt. Die Absätze ihrer Stiefel klackern einen nervösen Takt auf das Linoleum. Es ist nun schon seit über einer Stunde dunkel und Dalia ist immer noch nicht zurück. Ohne Bescheid zu geben! Ob es doch ein Fehler war, ihrer Enkelin den Auftrag zu erteilen? Vielleicht ist das Kind einfach noch nicht bereit für die Zwischenprüfung ...

»Ach, Latifa, wem machst du was vor!«, sagt Madame zu sich selbst. »Natürlich ist dein Kummerkind nicht bereit. Um das zu wissen, musst du nicht mal in deinen linken Zeh hineinspüren!«

Ja, aber was sollte sie denn machen, ohne geregelte Nachfolge und irgendeine Absicherung für sie beide?

»Ruhig Blut«, versucht Madame al Nour sich zu beruhigen. »Ruhig Blut.« Schlechte Gedanken haben noch niemandem geholfen und außerdem: *The Show must go on!* Das war doch immer ihre Devise gewesen. Immer geht es weiter. Bis es eben nicht mehr weitergeht.

Gerade als Zazie im Flur »Gewiss, meine Teure, gewiss« sagen will, macht Madame al Nour eine Bewegung, als würde sie eine Fliege verscheuchen. Zazie hustet leise und schweigt.

Madame al Nour schließt die Augen.

Es ist wirklich verdammt hakelig.

Dalia ist nicht nur *nicht* bereit für ihre Zwischenprüfung – wenn Madame al Nour in diesem Moment ehrlich zu sich wäre, wüsste sie, dass Dalia es vermutlich niemals sein wird. Aber so viel Ehrlichkeit bringt selbst Madame al Nour nicht zustande. Noch nicht. Außerdem spürt sie auf einmal ganz deutlich, dass Dalia sich in Gefahr befindet.

Madame al Nour holt tief Luft.

Es hilft nichts. Sie muss ihre Enkeltochter suchen gehen.

Ächzend versucht sie, vom Stuhl hochzukommen. Aber vergebens. Ohne Eichenrinde keine Chance. Und die hat Dalia. Wenn überhaupt. Da hilft nur eins: *Telepaphon*.

Madame al Nour hat etwas gegen Telefone. Vor allem gegen Handys. Sie behauptet, die elektrischen Signale würden ihre eigenen durcheinanderbringen. Dalia glaubt zwar, dass ihre Großmutter bloß zu bequem und vielleicht auch ein bisschen zu überheblich ist, um eine Technik zu lernen, die jünger ist als sie, aber Fakt ist, dass es bei den al Nours kein Telefon gibt. Denn Madame al Nour spürt ja alles! Und kann per Telepaphon Kontakt aufnehmen mit anderen Menschen. Also: telepathisch. Mit ihren Gedanken.

So hat sie einmal, über dreißig Jahre ist es wohl her, die alte Frau Schumschill gefunden. Mit Oberschenkelhalsbruch lag sie in ihrer Duschkabine, kalt wie ein Kratzeis in Birols Kühltruhe, und sendete eindeutige Signale in die Utrechter Straße. Und einmal, vor drei Jahren, hat sie mitten in der geheimen Notfall-Liebeskummer-Behandlung eines verzweifelten Vertretungslehrers von Dalia die Signale von Birol empfangen. Er hatte sich im Rollgitter des Frühkaufs versehentlich eingeklemmt, bei dem Versuch, noch schnell eine Ladung Hundekot vor seinem Ladeneingang zu entfernen. Bei herunterfahrendem Gitter. Seitdem sind die beiden in fernmündlichem Kontakt. Madame al Nour gibt manchmal ihre Bestellungen bei Birol per Telepaphon auf. Aber heute ist keine Nachricht gekommen. Keine einzige.

Vertrixt noch eins!

Madame al Nour verreibt etwas Spucke an ihrer Schläfe. Eigentlich sollte es natürlich Meerschweinchenschmalz sein, aber da kommt sie jetzt wirklich nicht ran. Was soll's ... Die Geste zählt.

Zuerst versucht Madame al Nour es mit ihrer Enkelin.

Doch sosehr sie sich auch anstrengt, Signale von Dalia zu empfangen oder welche an sie zu senden – da ist nichts.

Gar nichts.

Nicht das kleinste bisschen Energie.

Wenn Madame al Nour nicht wüsste, wie wenig ausgeprägt die Gabe bei ihrer Enkelin ist, würde sie langsam anfangen zu verzweifeln. Gerade, als Madame al Nour kurz davor ist aufzugeben, fällt ihr etwas ein. Beziehungsweise fällt es Zazie ein. Zazie, die selten etwas anderes sagt als »Gewiss, meine Teure, gewiss!« und damit meistens richtig liegt, gibt ein Knurren von sich. Madame al Nour fährt hoch.

»Ja, Zazielein?«, fragt sie erschrocken. »Was ist?«

»Friedhofskind!«, sagt Zazie in einer komisch hohen Stimme, und dann, als hätte Madame al Nours alter Pelzkragen alle Kraft, die in ihm steckt, verbraucht, gibt er ein leises Zischen von sich und verstummt. Ein bisschen riecht es nach verbranntem Fell.

Ei, sei, frei

Elvis steht vor dem offenen Kühlschrank. Die Küche ist dunkel, nur das bleiche Licht aus dem surrenden Gerät erhellt sein Gesicht. Elvis sieht fast aus wie ein Geist. Den ganzen Tag hat er auf dem Friedhof gearbeitet und nicht gemerkt, wie die Zeit vergeht. Auf einmal war es dunkel und Elvis hatte das innerlichste und dringende Gefühl, er müsse unbedingt zum Kühlschrank gehen. Das Licht brennt in seinen Augen, leuchtet in seine Gedanken hinein. Er weiß, dass er etwas sehr Wichtiges tun muss. Nur was? Elvis betrachtet die Dose Feta, das Glas mit den Oliven und die Petersilie. Er studiert die Flecken auf dem Etikett des leeren Maulbeersirups. Dann sieht er die Eier. Drei Stück. Sie liegen ganz unten, auf einem kleinen Teller.

Ei, ei, einerlei.

Ei, zwei, drei.

Ei – ein eigenartiges Wort, denkt Elvis Gursinski:

Ei, sei, frei.

Elvis sagt es leise vor sich hin.

So ein Ei, denkt er, ist eigentlich ein geradezu magisches Objekt. In der kalkigen, atmungsaktiven Hülle wartet das Leben nur darauf, entstehen zu dürfen, zumindest wenn das Ei befruchtet ist und warmgehalten wird. Das Ei als Zeichen von Lebendigkeit. Von Neubeginn.

Elvis sucht sich ein besonders schönes aus. Hellbraun, mit leichten Sprenkeln. Glatt, kühl und leicht liegt es in seiner Hand.

Mit dem Ei in der Hand durchquert Elvis das schummrige Wohnzimmer. Da liegt sein Vater und schläft. Er ächzt im Schlaf und dreht sich um. »Elvis«, murmelt er leise, und: »Peggy.« Und dann stößt Baba eine Art Winseln aus. Oder ist es ein Fiepen? Es klingt jedenfalls beinahe, wie ein Eichhörnchen. Elvis hält die Luft an und kniet sich neben seinen Vater. In dem schummrigen Licht muss er sich dicht über ihn beugen, um etwas zu erkennen. Er untersucht Babas Ohren, seine Nase, seinen Hals. Jedenfalls das, was er zwischen Lederjacke und Locken ausmachen kann. Dann atmet er erleichtert aus. Noch immer keine Tasthaare, kein Eichhörnchenfell! Einfach nur Baba. Elvis drückt seinem schlafenden Vater einen Kuss auf die kratzige Wange, dann erhebt er sich und geht mit dem Ei in der Hand in den ersten Stock hinauf. Er durchquert den Flur und dann steigt er, Stufe um Stufe, die steile, verwinkelte Treppe in den zweiten Stock hinauf. Hier oben ist es noch schummriger, aber das ist ihm egal.

Elvis weiß, wo er langmuss.

Es ist, als wäre der Weg seit langem in seinem Inneren aufgezeichnet, wie mit leuchtenden Linien, in seinem Kopf.

Elvis weiß zwar nicht genau, was er da gerade tut. Aber er spürt, dass es richtig ist. Das Ei, er und der zweite Stock. Elvis balanciert das Ei die letzten Stufen hinauf. Oben angekommen, kniet er sich hin und schiebt sich über Staub und Zuckerkrümel durch den staubigen Flur. Als würde eine unsichtbare Kraft ihn leiten, fährt er dabei mit dem Ei über die Wände. Mit wellenartigen Bewegungen führt er es an den abgeschabten Fußleisten entlang, bis er am Zimmer am Ende des Flurs angelangt ist.

Die Tür steht offen. Durch das kleine, runde Fenster fällt das schwache Licht einer Straßenlaterne. Der Schrank ist offen, und auf dem Boden liegen die Kleider, die er und Dalia bei ihrer überstürzten Flucht aus dem Raum zurückgelassen haben. Die graue Pelzstola liegt da und das gelbe Kleid, das Elvis anhatte. Das Kleid mit den taubenblaugrauen Falten hängt halb aus dem Schrank heraus. Zwischen den Kleidern, am Boden des Schrankes, schimmern Zuckerkrümel. Da sind auch die Abdrücke winziger Pfoten. Kratzspuren erkennt Elvis auf dem Holz und ein paar feine, rotbraune Härchen. Ein Kampf …?! *Küçük!* Doch der Gedanke an das kleine Eichhörnchen dringt nicht durch die Konzentration, mit der Elvis seine Aufgabe ausführt. Ja, seine Aufgabe ist allein, das Ei durch das Zimmer zu bewegen. Er fühlt es genau. Er führt das Ei durch das ganze Zimmer, Wand um Wand. Er streicht es um die Seemannskiste herum, über die Schneiderpuppe und sogar durch den Schrank. Vor allem durch den Schrank. Zuletzt fährt er sorgfältig an jedem einzelnen der fünf Kleider entlang. So muss es sein. Elvis steht auf. Er schließt den Schrank und schließt die Zimmertür hinter sich. Dann geht er vorsichtig, mit dem Ei in der Hand, die Treppe hinunter, durch das leere, dunkle Haus und hinaus.

Die Erinnerung

Das Ei in der Hand steht Elvis auf dem Friedhof. Ein leichter Wind weht, dunkel heben sich Büsche und Bäume vor dem nächtlichen Stadthimmel ab. Seine Füße sind eisig und er hat Kopfweh. Oder ist es Bauchweh? Elvis sieht sich verwirrt um. Was macht er hier?! Sein Kopf fühlt sich ganz waberig an … Dann ist da ein knisteriges Rascheln, wie das Rauschen zwischen zwei Sendern im Radio, und plötzlich hört Elvis die Stimme. Diesmal ist sie nicht neben ihm, auch nicht vor oder hinter ihm und sie kommt auch nicht aus einem Grab.

Sie ist in seinem Kopf.

Und sie klingt ziemlich undeutlich.

»Ja, bitte?«, fragt Elvis. Mehr so in seinen Kopf hinein als laut in den Friedhof.

»Bin ich da richtig bei Elvis Gursinski?«, fragt die Stimme etwas deutlicher, und Elvis meint, ein Klackern zu hören wie von Metall auf Holz.

Totenkopfring, denkt er.

Und: *Küchentisch*.

»Ja, richtig«, sagt er. »Und wer spricht?!«

»Hier al Nour. Latifa al Nour. Also: Madame al Nour! Ich bin die Großmutter von –«

»Dalia al Nour«, ergänzt Elvis automatisch.

»100 Punkte, Schätzchen!«

»Okay.«

Und dann erzählt ihm Madame al Nour, dass Dalia nicht nach Hause gekommen sei, sogar die Sprechstunde musste sie absagen und sie bitte vielmals um Verzeihung für die nächtliche Störung, sie wollte nur mal eben fragen, ob er nicht vielleicht eine Information für sie habe, Dalia sei doch bei ihm gewesen, nicht wahr? Denn sie, Latifa al Nour würde da etwas Ungewisses bis Ungutes spüren, besser gesagt, würde sie überhaupt nichts spüren und das sei ja eben gerade genau das Problem, und er, Elvis, soll doch mal bitte nachdenken und in sich gehen, was seiner Meinung nach wohl mit Dalia passiert sein könnte und wo sich ihr derzeitiger Aufenthaltsort befinden könnte. Madame als Nour hält inne und keucht leise. »War das zu wirr? Hast du mich verstanden, Junge?«

»Wieso«, sagt Elvis matt. Er ist nicht sicher, ob er sich

das nur einbildet, aber es kommt ihm so vor, als sei das Ei schwerer geworden.

»Wieso?«, ruft Madame al Nour viel zu laut in seinem Kopf. »Wieso was?«

»Wieso *ich?*«, wiederholt Elvis und lässt die Hand mit dem Ei sinken.

Tatsächlich.

Schwerer.

Wie ein kleiner Stein liegt es in seiner Hand. Ein bisschen übel ist ihm auch.

»Wieso *du*? Na, weil du an das Telepaphon gegangen bist natürlich, weil du vielleicht etwas *weißt* über den Verbleib meiner einzigen Enkelin und Erbin meines Namens und meiner Gabe und weil du – Moment mal. Ist das da ein *Ei* in deiner Hand!? *Interessant.* Ich habe da mal etwas gelesen, über ein Ritual aus Kuba …«

Mit einem Mal reicht es Elvis.

Ist es nicht genug, dass er mit Madame al Nour in seinem Kopf redet? Muss sie ihn auch noch *sehen*? Das ist zu viel. Elvis weiß nicht, wie er es macht, aber er kappt die Verbindung. Es ist ein bisschen wie das Auflegen eines Telefons, nur eben in seinem Kopf.

Die Stille tut gut.

Elvis ist plötzlich so müde. Und die Übelkeit ist auch kaum auszuhalten. Sein Körper ist so schwer. Er hat keine Lust mehr, sich um alles zu kümmern, keine Kraft übrig.

Reicht es denn nicht, dass er sich um die Lebenden und die Toten kümmern muss? Und jetzt auch noch die dazwischen?

Äh. Moment mal. Wie bitte?

Was hat er da eben gedacht?

Die dazwischen?

Und auf einmal fällt es Elvis wieder ein.

Der Vorfall im zweiten Stock.

Damals.

Sie waren gerade in das Haus auf dem Friedhof gezogen, Mama, Baba und er. Elvis war sofort herumgelaufen und hatte alles erkundet. Das Haus roch eigenartig und fühlte sich verlassen an, die Ecken voller toter Spinnen und Schimmelflecken. Schließlich war er in das Zimmer am Ende des Flurs gekommen, das mit dem runden Fenster. Er hatte sich in den Schaukelstuhl gesetzt und war ein paarmal hin- und hergeschaukelt, aber dann war ihm, als müsse er um Erlaubnis bitten, da zu sein. Er hatte nur nicht gewusst, bei wem und wie. Also war er aufgestanden. Er hatte mit der Hand über das weiche Holz der Seemannskiste gestrichen, und dann hatte er die schmalen Schultern der Schneiderpuppe berührt, die damals noch einen ganzen Kopf größer war als er. Und er verstand: Traurig war das Zimmer. Traurig. Und einsam.

Er könnte ja ein bisschen dableiben, dachte Elvis, und dem Zimmer Gesellschaft leisten. »Ist okay«, hatte er laut gesagt. »Nicht schlimm. Wir sind jetzt hier. Die Gursinskis. Du bist nicht mehr allein!«

Mama hatte ihm ja erzählt, dass das Haus lange leer gestanden hatte. Viele, viele Jahre. Jahrzehnte sogar. Weil niemand in dem ollen Kasten wohnen wollte.

Als Elvis spürte, dass die Stimmung um ihn herum ein bisschen leichter geworden war, betrachtete er sich in dem alten Spiegel, der damals schon die Flecken und die blinden Stellen hatte. Und für einen Moment war ihm, als schaute ihm jemand anderes daraus entgegen. Aber das konnte ja gar nicht sein.

Also öffnete er den Schrank. Wie die zurückgelassenen Larvenhäute von Zikaden oder Libellen hingen die Kleider da. Fünf Kleider. Und dann war da dieser Nebel in seinem Kopf und er hatte ein fernes Lachen gehört. Und die Stimme. Die Stimme eines Kindes:

Wir kratzen uns mit diesem Nagel und teilen unser Blut.

Denn wir sind Freundinnen auf ewig. BESTE, nicht nur gut!

Kaum war die Stimme verhallt, spürte Elvis einen scharfen Schmerz an seinem Arm. Als er hinsah, sah er den Blutstropfen, der seinen Arm hinunterrann. Er schrie und rannte, so schnell er konnte, und fiel beinahe die viel zu steile Treppe hinunter, fing sich aber noch auf und stürzte dann bloß unten einer völlig erschrockenen Mama in den

Arm. Dort schluchzte er und konnte gar nicht mehr aufhören. Er wusste auch nicht, warum, denn sehr weh hatte er sich eigentlich nicht getan an dem rostigen Nagel, der aus der Innenseite der alten Schranktür herausragte. Denn der Nagel musste es ja gewesen sein, der Elvis gekratzt hatte. Das befanden jedenfalls seine Eltern, die ein Lager auf dem Teppich aufbauten für die Nacht und beide neben Elvis wachten, der nicht mehr allein sein wollte in einem Haus, in dem Stimmen und Nägel aus Schränken kamen.

Dieser Abend, das begriff Elvis jetzt, war der letzte Abend, den die drei so zusammen verbracht hatten. Denn schon am nächsten Morgen hatte es angefangen mit dem Anderswerden. Erst gab es kleinere Streits zwischen Mama und Baba, dann wurden sie größer, es gab schlimme Worte und später auch Tränen und nach ein paar Monaten waren schlagende Türen daraus geworden und zuletzt kam der Tag der langen Gesichter.

Der Tag, an dem seine Eltern ihm ihren Plan mit dem Tauschtag unterbreiteten.

»Halloho! Ist jemand da-ha?«, reißt ihn Madame al Nours Stimme in seinem Kopf aus der Erinnerung. »Bin ich richtig verbunden mit Elvis Gursinski?! Hier noch mal Latifa al Nour mit einer wichtigen Kurznachricht: *Frag Elo!* Ich weiß zwar nicht, was das bedeuten soll, doch es erscheint mir von großer Dringlichkeit. Ich wiederhole: Kurznachricht an Elvis Gursinski: *Frag Elo*. Du *musst Elo fragen!!!* Es rauscht, dann ist die Stimme in seinem Kopf verstummt.

Du musst, wir müssen, wabert es durch Elvis' müden Kopf. *Harkenmüssen, Müllaufsammelnmüssen, Einkaufenmüssen, Inderschulehockenmüssen, Alleinseinmüssen, Mamazeichnenlassenmüssen und Babatraurigseinlassenmüssen …* ja, wirklich. Elvis hat genug vom *Müssen*! Sein plötzlicher Ärger holt ihn aus seinen Gedanken zurück. Elvis sieht sich verdattert um. Er braucht etwas, um zu begreifen, dass er frierend und allein mit einem unnatürlich schweren Ei in der Hand unter der alten Eiche steht. Ja, es ist geradezu, als würde das Gewicht des Eis langsam in seinen Körper übergehen. Sein Arm ist schon ganz taub. Und kalt. Da sieht Elvis Dalias Rucksack. Er lehnt an dem Feldstein.

Dalia … der Name wärmt ihn. Mit Dalia, denkt Elvis und weiß auch nicht, woher das jetzt kommt, aber mit Dalia hat er sich in den letzten Tagen kein bisschen falsch gefühlt.

Mit ihr war es … *tortissimo.*

Moment mal – Dalias Rucksack?! Elvis hat wieder die Stimme von einst in seinem Kopf: *Freundinnen auf ewig. BESTE, nicht nur gut!* Im selben Moment zieht ihn das Ei Richtung Boden. Elvis krümmt sich. Er schiebt das mittlerweile steinschwere Ei in Dalias Rucksack und schwingt ihn über seine Schulter, da schwappt die Übelkeit über ihm zusammen wie eine Welle. Elvis Gursinski besteht nur noch aus Schlechtsein und Schwere. Er glaubt, gleich hier unter der Eiche ohnmächtig zu werden, doch stattdessen passiert etwas anderes. Elvis kotzt. Er kotzt alles, was er so in seinem Magen hat, auf den Friedhof: halb verdaute Cornflakes, Hafermilch, Maulbeersirup, Dalias Körnerriegel und eine beachtliche Menge Magensäure von undefinierbarer Farbe. Elvis kotzt, bis seine Beine zittern und kalter Schweiß in seinen Haaren klebt, kotzt, bis nichts mehr kommt außer einem jämmerlichen, kleinen Würgen.

In der Gruft

Arme, Beine, Handgelenke – okay, okay, noch dran. Nur Dalias Knöchel fühlt sich komisch an. Da ist auch was Glitschiges. Blut? Na, großartig. Wie ein Traum kommt ihr das langsam nicht mehr vor.

Pflaster?

Im Rucksack.

Rucksack?

Auf dem Friedhof. Bei der Eiche. Also, irgendwo über ihr … Mist. Wenn sie nur etwas sehen könnte! Dalia tastet ihre Hose ab.

Rechte Tasche?

Nichts.

Linke?

Auch leer.

Hinten findet sie etwas. Ein Päckchen Streichhölzer! Es sind zwar nicht mehr viele drin, aber immerhin. Es ist allerdings nicht so leicht, die im Dunkeln anzukriegen. Das erste Streichholz zerbricht, das zweite ebenso. Beim Versuch, das dritte anzuzünden, fällt ihr die Packung runter.

Dalia robbt auf dem kalten Boden herum und flucht vor sich hin: »Tolle Zwischenprüfung. Danke, Oma. Echt! *Auf dem Friedhof* – nee, ist klar. Dafür, dass ich mitten in der Nacht mit einem blutigen Knöchel in einem finsteren Grab herumkrieche, hab ich mir echt einen Totenkopfring verdient!«

Endlich brennt eine kleine Flamme. Sie brennt nur so lange, wie Streichhölzer eben brennen, aber was Dalia in diesem kurzen Moment sieht, reicht ihr vollkommen. Stöhnend lehnt sie sich an die Wand hinter sich.

Okay, das an ihrem Knöchel ist Blut.

Eindeutig, aber nicht so schlimm.

Bloß eine kleine Platzwunde.

Nein, schlimm ist das andere.

Viel schlimmer.

Dalia weiß nicht, wie sie das geschafft hat, aber sie ist irgendwie in dem Bild von Elvis' Mutter gelandet! Also: fast. Nur die Leute fehlen. Aber der Ort ist derselbe, da ist sie sich ganz sicher.

Es war am Nachmittag, als sie die Nazar-Amulette im Haus angebracht hat. Auch wenn ihr dieser Nachmittag mittlerweile so vorkommt, als wäre er Lichtjahre entfernt ... Elvis hatte sich auf den Friedhof verdrückt. Angeblich zum *Arbeiten*. Aber Dalia wusste, dass er dabei in Ruhe überlegen wollte, wie er seinem Vater das Verschwinden der Mutter beibringen kann. Also hat sie den Salzkaffee gekocht und hat die Glasaugen verteilt. Und auf ihrer Runde durch das Haus ist sie eben auch in das Zimmer von Elvis' Mutter gegangen. In das *Zeichenzimmer*, um das Gelatine so ein Geheimnis gemacht hatte. Es war eine eigentümliche Atmosphäre da drin, die nicht zum Rest des Hauses passte. Viel zu aufgeräumt und so. Elvis hat ihr ja erzählt, wie merkwürdig die Bilder seiner Mutter waren, und Dalia hatte sich so etwas in der Art der Heavy-Metal-CDs von Frau Wurla vorgestellt, ihrer Musiklehrerin. Kreischende Skelette mit Kleiderfetzen und langen Haaren. Was sie stattdessen zu Gesicht bekam, als sie das Laken von der Staffelei zog, hatte sie nicht erwartet. Die Leinwand war eine echte Leinwand wie im Werkraum. Faseriger, grundierter Stoff auf einem Holzrahmen. Mit Öl wird auf so was gemalt oder mit Tusche. Aber Frau Gursinski hatte Kugelschreiber genommen! Erst blau und dann, als sei er ihr auf halber Strecke ausgegangen, schwarz. Oder andersherum. Zuerst wirkte das Bild wie ein einziges Gekrakel, doch als sie die Linien näher betrachtete, entspann sich eine Szene vor ihren Augen: Eine Gruppe von Leuten war da, in einem Raum mit großen, alten Steinplatten am

Boden, auf denen Nachtfalter zu sehen waren. Der eine von den Leuten auf dem Bild war eindeutig Gelatine, mit seinen Haaren und den komischen Sandalen. Auf dem Rücken trug er *ihren* Rucksack! Dann waren da noch ein paar Frauen, die aussahen wie die aus den Filmen, die ihre Großmutter gern anguckte. Toupierte Haare, Ohrringe und so. Und ein Typ mit einer abgefahrenen Frisur. Außerdem mehrere ebenfalls ziemlich altmodisch angezogene Männer, einer mit einem witzigen Schnurrbart und einer, der einfach nur megaeingebildet aussah. Und ein trauriger Junge, der ihr irgendwie unheimlich war. Sie alle standen da und starrten Gelatine an. Das wirklich Schreckliche an dem Bild aber, das war: *sie*.

Ja, sie selbst war auf dem Bild zu sehen!

Dalia al Nour.

Es waren eindeutig *ihr* Undercut, *ihre* Schuhe, *ihre* Arme, *ihre* Beine, *ihr* T-Shirt und *ihr* Gesicht – von Frau Gursinski mit blauem Kuli auf die Leinwand gekritzelt. Auf dem Bild liegt sie am Boden. Eingerollt, die Augen geöffnet, Küçük im Arm. Elvis' Mutter hatte sie echt gut getroffen, dabei kannte Frau Gursinski Dalia nicht einmal.

Sie hatte sofort das Laken wieder über das Bild geworfen. Dann verteilte sie spontan und freestylemäßig Schwarzkümmelöl und Salz um das Bild herum und hängte ein Nazar-Amulett an den Nagel neben der Tür. Das einzige übrigens, das Elvis' Vater nicht bemerkt hatte! Ja, und dann war sie ins Wohnzimmer geflüchtet, wo Sedat Gursinski langsam wach wurde. Vielleicht hätte sie mal das Bild im Zimmer seiner Frau erwähnen sollen. Vielleicht wäre sie dann nicht hier, denn bei dem Raum, in dem sich die Gesellschaft auf dem Bild befand, handelte es sich eindeutig die Gruft, in der sie jetzt sitzt. Der Nachtfalter ist nämlich nicht nur auf dem Grabmal, er ist auch auf jeder einzelnen Kachel drauf. Auf dem Bild, genau wie hier unten.

Dalia überlegt, ob sie ganz doll *Großmutter!* denken soll oder *Gelatine!,* sodass sie die beiden anruft, in ihrem Kopf.

So, wie ihre Großmutter es immer macht.

Da wird ihr schlagartig kalt. Es ist, als hätte jemand eine Turbo-Klimaanlage auf minus zehn Grad gestellt. Und aus dem Dunkel vor ihr kommt ein klägliches Fiepen.

Der Friedhof erwacht

Elvis steht schwankend in der Nacht. Der Geschmack in seinem Mund ist absolut widerwärtig. Er spuckt auf den Boden. Er fühlt sich so leer. Fast, als ob er einfach davonschweben könnte. Gucken kann er auch nicht richtig. Es ist alles so verschwommen. Elvis reibt sich die Augen.

Einmal.

Zweimal.

Viermal.

Doch der weißliche Schleier bleibt.

Milch, denkt Elvis. Wie mit Milch übergossen sieht alles aus. Er kann nicht mal erkennen, wo auf dem Friedhof er sich genau befindet. Die Bäume rauschen, und für einen Moment glaubt er, Dalia zu hören.

Gelatine …

Eine dünne Stimme, irgendwo unter ihm. Aber das kann ja gar nicht sein.

»Also ich empfehle Kamillentee!«, posaunt jemand neben seinem linken Ohr. »Ach woher denn!«, tönt es von der anderen Seite. »Einen Schnaps braucht er, das hat mir noch immer geholfen!« Und plötzlich ist die Nacht um ihn erfüllt von aufgeregten Stimmen.

»Schnaps? Immer her damit!«

»Bei Magenverstimmungen hilft ganz allein Lebertran!« –

»*Lebertran?!* Pfui, Rattenkot!«

»Alles Nonsens! Ingwer, frisch gerieben! Aber nur eine Messerspitze!«

»Ich sehe, dass hier niemand auch nur den Hauch eines medizinischen Verständnisses besitzt. Das Mittel der Wahl bei derlei Beschwerden lautet natürlich *Aderlass.*«

»Pfff! Aus welchem Jahrhundert kommen *Sie* denn?!«

Und so geht es weiter und weiter.

Elvis reibt seine Augen ein drittes Mal.

Da erkennt er, dass das um ihn herum keine Milch ist und auch kein Nebel. Es sind vielmehr *Gestalten.*

Tatsächlich.

Der Friedhof ist voll von ihnen.

Sie sind milchig weiß und haben knittrige Gesichter und junge, glatte; sie haben Haken- und Stupsnasen, wilde Locken und Glatzen und struppige Bärte; sie sind birnenförmig, muskelbeladen und hager. Wie die Menschen auf der Straße, etwas besser angezogen vielleicht. Und alle reden aufgeregt aufeinander ein. Nur einer ist still. Er hat einen zwirbeligen Schnurrbart, traurige Augen und sieht Elvis an. Moment mal, ist das Ladislaus Skappo? Als hätte die neblige Gestalt Elvis' Gedanken gehört, zwinkert sie ihm zu und wackelt mit dem Schnurrbart.

»Magen auspumpen! Das können sie gut, im Virchow!« – »Virchow? In die Drontheimer muss er!« – »Blödsinn, das Jüdische Krankenhaus, das ist das beste im Kiez!«

Elvis würde sich am liebsten in Nebel auflösen. Debattieren diese Geister, Toten, Verstorbenen ... was auch immer da gerade tatsächlich über sein *Kotzen?*

»Ahhh! Der Patient ist zu sich gekommen. Seht!« Der kühle Hauch eines wabernden Gewandes berührt seine Wange, Elvis fährt zusammen. Eine milchige Hand streift seinen Arm. *Brrr* .... ein eigenartiges Frösteln breitet sich über seinen Körper aus. Die Geister drängen sich um ihn herum und begutachten ihn kritisch. Einige piksen ihn sogar mit kühl-feuchten Fingern in die Seite. »Der ist hinüber!«, verkündet einer zufrieden. Elvis wird immer ungemütlicher zumute. Es ist, als würde er in einem Schwimmbad voll kaltem Glibber stehen ...

»Leute!«, ruft ein großer, junger Mann. Er trägt eine Halskette und Stiefel, denen von Madame al Nour nicht unähnlich. Seine Haare sind oben kurz und im Nacken lang. Er grinst Elvis freundlich zu. Rambo Zibell! Natürlich, sein Foto ist mit Laser in seinen Grabstein gezeichnet, *See you later!* steht da drauf. Der Grabstein ist torte, Rambo Zibell auch. »Haltet mal die Luft an«, ruft er in die Nacht, »merkt ihr nicht, dass ihr dem Kollegen Angst macht?«

Doch die Geister hören nicht auf ihn. Sie rufen weiter ihre Diagnosen in die Nacht und stochern an Elvis herum. Elvis denkt an Dalia. Wenn sie was sagt, hören alle zu. Er holt tief Luft und dann brüllt er so laut *»RUHE!!!!«*, dass alle mit einem Schlag verstummen und ihn erwartungsvoll ansehen.

Doch nun weiß Elvis gar nicht mehr, was er eigentlich sagen will.

»Er kann uns tatsächlich *sehen* …«, flüstert ein kleiner Mann mit Lachfalten und einem eleganten Gehstock. Sein Nebenmann, ein dünner Kerl mit abgewetztem Hut und einer Hose, die mit einer Schnur um die Hüften gebunden ist, wiegt seinen Kopf: »Na ja, vielleicht ist er ja *tot?*« – »Klappe, Mustopf«, raunzt eine große Frau, rempelt den Mann zur Seite und schiebt sich zu Elvis hindurch. »Sein Herzchen klopft bis hier! Der Junge lebt.« Sie rückt ihre Frisur zurecht und legt Elvis eine Hand auf die Schulter, leicht und kalt wie Nachtnebel.

Elvis blickt in das milchige Gesicht von Elo Benzin.

Sie hat große, runde Ohrringe und ihr aufgebauschtes

Haar umrahmt ihr Gesicht. Viel Schminke und Wimperntusche hat sie um die Augen herum und sie trägt eine kurze, rote Lederjacke mit breiten Schultern. Natürlich ist die Jacke genauso milchig weiß, wie ihre ganze Erscheinung, aber Elvis hat so ein Gefühl, als ob sie unbedingt rot sein muss.

»Kleiner«, sagt Elo Benzin. »Was machst du hier bei uns?«

Dass es Elo Benzin ist, hat Elvis natürlich sofort erkannt. An ihrer rauchigen Stimme und überhaupt! Sie sieht genau so aus, wie Elo Benzin aussehen muss.

Da ist auch ihre Mutter, Gitti! Die beiden Frauen waren einst die Wirtinnen der 24-Stunden-Kneipe *Zum Magendoktor*. Elvis hat den beiden oft zugehört, wie sie darüber stritten, wie lange das perfekte Bier gezapft wird (laut Gitti sechs Minuten, laut Elo vier). Gitti Benzin trägt tatsächlich einen Pullover mit Bierkrugmuster! Er glitzert fröhlich in der Nacht.

Elo Benzin sieht Elvis noch immer abwartend an. Sein Hals fühlt sich mit einem Mal ganz kratzig an. »Ich, äh, muss Sie was fragen«, fängt er an, doch seine Stimme klingt peinlich klein.

»Kannst mich ruhig duzen, Kleiner. Was gibts denn?«

»Weißt du vielleicht, wo Dalia ist?« Das *Du* fühlt sich fremd an in seinem Mund.

»*Wer?!*« Elo sieht ihn ratlos an.

Da begreift Elvis, dass Elo Dalia ja gar nicht kennt.

Gar nicht kennen *kann*.

»Also ... *irgendwas* weißt du, was ich wissen muss«, sagt Elvis und ist sich selbst nicht mehr sicher, ob das überhaupt stimmt.

»Aha«, sagt Elo. »Sagt wer?«

»Madame al Nour.«

»Bitte?!«

»Die Oma meiner besten Freundin.«

Oha. Zum Glück hat Dalia das nicht gehört.

»Beste Freundin ...«, wiederholt Elo nachdenklich und starrt in die Nacht. Sie sieht mit einem Mal ganz jung aus. Elvis kann das Kind in ihr erkennen: frech, sommersprossig, acht Jahre alt. Und auf einmal weiß er, was er Elo fragen muss. Nicht nur wegen des eisigen Hauchs in seinem Nacken im Zeichenzimmer. Nicht nur wegen des Beins, über das Dalia gefallen ist, in der Nacht mit dem Salz auf dem Teppich, nicht nur wegen eines alten Nagels in einem Kleiderschrank ...

»Elo«, sagt Elvis, und diesmal schafft er es, dass seine Stimme einigermaßen nach Elvis klingt. »Was weißt du über das Zimmer am Ende des Flurs?«

Elos Gesicht friert ein. Ein bisschen sieht sie aus, als hätte ihr jemand ein Sechs-Minuten-Bier über den Kopf gekippt.

»Oben«, sagt Elvis, obwohl er weiß, dass sie es weiß.

»Im zweiten Stock.« Er deutet mit dem Kinn Richtung Haus.

Elo zuckt zusammen, dann schüttelt sie den Kopf. »Ja nüscht«, sagt sie, viel zu schnell.

Elvis spricht jetzt ganz leise.

Er raunt eher:

»Wir kratzen uns mit diesem Nagel und teilen unser Blut. Denn wir sind Freundinnen auf ewig. BESTE, nicht nur gut!«

Elo schweigt. Sie blickt durch ihn hindurch, in den Nebel oder in sich selbst hinein. Und als ihr Blick zurückkommt, sieht sie traurig aus.

»Hansi«, sagt sie leise.

Nur das.

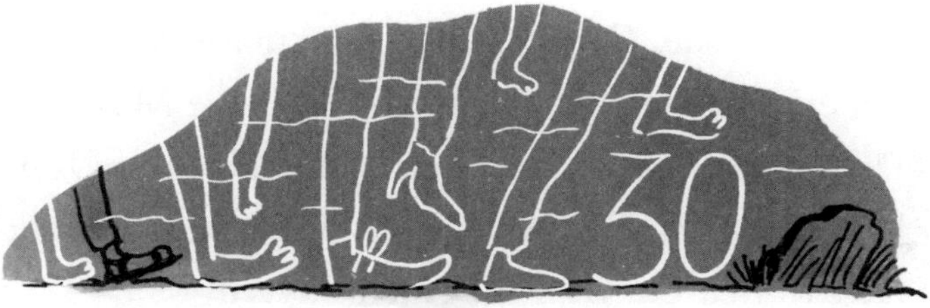

Noctudiæ

Ein Wispern, ein Raunen geht durch die Geistergesellschaft. Etliche der milchigen Gestalten schütteln ihre Köpfe und wehen davon. Sie lösen sich in der Nacht auf wie Milchfäden im Wasser. Elvis blickt ihnen erstaunt hinterher.

»Hansi«, sagt Elo Benzin und wirkt jetzt nicht nur traurig, sondern richtig verloren. »Ich hatte einen *besten Freund,* aber … Es ist so lange her … zu weit weg. Ich kann mich einfach nicht richtig erinnern!«

Das Wispern um Elo und Elvis herum wird drängender, das Raunen lauter. Elvis kann einzelne Sätze in dem Durcheinander ausmachen:

»*Hansi?!* War das nicht diese *Geschichte* damals? Der Junge hat doch ganz allein mit seinem Vater in dem Friedhofsgärtnerhaus gewohnt …«

»Meinen Sie den kleinen Stahl? Dass muss 1952 gewesen sein. Nee! 56!«

»Klappe da drüben! Nichts Genaues weiß man nicht. Alles nur Gerede, Gerüchte und Spekulationen!«

»Ich erinnere mich an seine viel zu junge Mutter …«

»Die Ärmste! Davongelaufen ist sie! Na, kein Wunder.«

»Und dann war der Junge auch weg! Ganz plötzlich!«

»Ach woher. Ein Umzug! Nach Bayern!«

»Und ich sage: Die ganze Sache hat schon damals gestunken!«

»Du stinkst doch selber wie ’ne alte Bulette!«

»Olle Kamellen! Alles Thekengerede und Tratsch. Auf Derartiges soll man *gar* nichts geben, das ist ja wohl allseits bekannt!«

Ein paar Geister verdrehen die Augen und schnalzen verächtlich.

Elo sieht ihre Mutter an.

»Mutti!«, sagt sie laut. Herausfordernd. Ernst.

Gitti Benzin fasst sich nervös in die milchigen Locken. »Ich … ähm, na ja! Wir wussten doch auch nichts, damals, als Hansi weg war. Sein Vater sagte uns, er sei in die Obhut seiner Mutter gekommen. Nach Westdeutschland irgendwo.«

»*Westdeutschland* …« Elo runzelt ihre milchige Stirn. »Stimmt, das habt ihr immer gesagt. Aber –«, sie macht eine lange Pause, »ihr habt es nicht *geglaubt*!«

»Ach, was hätten wir machen sollen gegen den alten Stahl!«, braust Gitti Benzin auf.

Eine schmale Frau mit kurzem Haar nähert sich den beiden. Bella Aral. »Hat hier jemand den Namen *Stahl* erwähnt?!«, fragt sie mit strenger Stimme und wird noch bleicher, falls *bleicher als Milch* überhaupt möglich ist.

»Na, wir wollten ihn aufmischen, ihn ein bisschen virchowisieren, wenn ihr versteht, aber Gitti hat uns vor die Tür gesetzt!«, ruft der dünne Mann mit Hut, in dem Elvis jetzt Gegge Mustopf erkennt. Sein Nebenmann und bester Kumpel Erwin Mihály nickt und schwingt drohend seinen Gehstock.

Gitti Benzin sieht die beiden strafend an. Mustopf und Mihály blicken auf ihre Füße und schweigen verlegen.

»Aufmischen?!« Elo packt Mustopf am Anzug. »Pack aus, Freundchen! Aber dallinski!«

Gegge Mustopf zuckt zusammen. Dann stammelt er etwas hilflos: »Na ja, also ... das war so gewesen: Nach Hansi seinem *Umzug* hat sich der alte Stahl im *Magendoktor* fürchterlich betrunken und dann ist es eben zu einer kleinen Schlägerei gekommen. Also zwischen ihm, Erwin und mir. Aber Gitti hat uns drei auf die Straße gesetzt und –«

Gitti Benzin fällt ihm abrupt ins Wort: »– und bald darauf ist der alte Stahl unbekannt verzogen und seither stand das Haus leer. Punkt. Ende der Geschichte.«

»Bis Elvis Gursinski gekommen ist«, wirft Ladislaus Skappo ein und zwinkert Elvis zu.

»Punkt«, wiederholt Elo Benzin tonlos. »Punkt. Punkt! Jetzt ist aber Schluss mit Punkt. Ich sage: Fragezeichen! Ihr alle, ihr habt Hansi *weggeschwiegen!* Jetzt erinnere ich mich. Keiner hat mir geantwortet! Immer wenn ich an den Tresen gekommen bin, wart ihr so komisch still. Du und Onkel Erwin und –«

»Onkel Erwin?!«, ruft Mihály alarmiert. »Was hab *ich* mit der Sache zu tun!?«

Weitere Geister wehen davon. Ein Ruck geht durch Elo. Und dann brüllt sie so laut, dass alle sie erschrocken ansehen: »*Ihr!* Ihr *alle!* Ihr *wisst* was!«, brüllt sie. »Ihr habt mich meine ganze Kindheit über belogen und später habt ihr euch von mir die Bierchen zapfen lassen und die ganze Zeit habt ihr schön die Fresse gehalten. *Nichts gehört und nichts gesehen!* Ging euch ja nichts an, was?!« Elo bellt richtig. »Ihr *redet* jetzt«, sagt sie mit einer Stimme, hart und kalt. »Ihr *müsst* doch was wissen!«

Gitti Benzin sieht ihre Tochter nachdenklich an.

»Mutti! Ich bin kein Kind mehr!«

Nun verschwinden auch die letzten der schaulustigen Geister in der Nacht. Sehnsuchtsvoll blicken Erwin Mihály und Gegge Mustopf den milchigen Gestalten nach, die sich im Dunkel auflösen …

»Halt«, ruft Elvis. »Ihr beiden bleibt hier!«

Gegge Mustopf und Erwin Mihály sehen ertappt aus, doch sie bleiben da, wo sie sind und zucken ergeben die Achseln. Während des Trubels scheint sich die Gruppe über den Friedhof bewegt zu haben. Elvis erkennt, dass sie sich im uralten Teil befinden. Unter der Trauerweide schläft das Mädchen aus Stein. In der Ferne hupt ein Auto, in den Büschen hinter ihm singt ein Nachtvogel. Ein Käuzchen ruft leise, und die altersschwache Straßenlaterne jenseits der Mauer flackert und macht ein Geräusch, als wolle sie jeden Moment ausgehen.

»Da!«, sagt Bella Aral und deutet auf das Grabmal mit dem steinernen Nachtfalter. »Da drunter ist die geheime Gruft! Da haben wir unsere Flugblätter versteckt, damals, aber der alte *Stahl* hat uns aufgelauert –«

»*Flugblätter?!* Mensch, jetzt weiß ich, wo ich dich schon mal gesehen habe«, ruft Rambo Zibell und betrachtet Bella Aral noch verzückter als zuvor. »Du bist die berühmte Weddinger Kommunistin! *Die Rote Bella!* Du warst in der Neunten in meinem Geschichtsbuch!«

Bella Aral sieht Rambo Zibell zweifelnd an. »Geschichtsbuch?!«

»Exakt. Seite 183. Mit Foto! Was war ich *verliebt* in dich …«

»Ja, ja, *blablabla*«, fällt ihm ein etwas zu gut aussehender Mann ins Wort, bei dessen Anblick Elvis spontan der Name *Albert Odelfing zu Mottenstarr* in den Kopf kommt: »*Ich* würde sagen, wir haben es hier mit einem eindeutigen Fall von *zu wenig Eclairs* zu tun.«

»Hey, ho!!«, ruft Erwin Mihály dazwischen und klopft mit seinem Stock auf den verblichenen Aufkleber: »Geheim ist gut! Hier haben wir in den beschissenen, alten Zeiten unser Gesöff versteckt!« Dann beginnt er auch noch zu singen: »*Oh, gebt mir Fusel, Freunde, Fusel in der Nacht! Fusel hat noch manchen Toten wachgemacht!*« Ich sag's euch: Wir hatten sogar eine Geheimklappe, die muss da noch irgendwo unter dem Efeu –«

Leider hört Elvis schon nicht mehr zu.

Feige, denkt er.

Und: *gerissen.*

Die Geister verbergen allesamt etwas. Und sie lenken ihn ganz dreist ab.

Elvis stampft mit dem Fuß auf. Ihm reicht es jetzt wirklich!

Baba hatte einmal gesagt, es würde schon niemand auf die Idee kommen, auf dem alten Grab herumzutanzen. An *stampfen* hatte er damals wohl nicht gedacht.

Und an die Geheimklappe der Weddinger Schnapsliebhaber auch nicht.

Mit einem verblüfften »Ups!« fällt Elvis in die Tiefe.

Hansi

Elvis rutscht über die Klappe nach unten, fällt das letzte Stück durch das Dunkel und landet unsanft auf seinem Hintern. »Autsch.« Das gibt einen blauen Fleck. Mindestens.

»Gelatine … bist *du* das?«

Als Elvis Dalias hoffnungsvolle Stimme hört, fängt Elvis vor Erleichterung fast an zu weinen. »Dalia? Wo bist du?«, fragt er in die Dunkelheit.

Es raschelt, dann macht es *Zisch!* und die kleine Flamme eines Streichholzes erhellt Dalias Gesicht.

»Torte«, sagt sie matt. »Du. Hier.«

Sie gibt sich wirklich große Mühe, Elvis anzulächeln. Dann ist das Streichholz abgebrannt. Elvis nimmt Dalias Rucksack ab. Vielleicht hat sie ja … Vorsichtig tastet er darin herum. Da ist etwas Weiches, das glatte, kalte Ei … da! Fühlt sich an wie … riecht nach … Bienenwachs! Tatsächlich. Eine Kerze.

»Hast du noch Streichhölzer?« Elvis tastet nach Dalia und streift versehentlich ihr Gesicht. Es ist viel zu kalt.

Wieder glimmt ein Streichholz auf.

»Das letzte«, sagt Dalia matt.

Schnell hält Elvis den Docht in die Flamme. Im aufflackernden Kerzenlicht erkennt er, dass sie sich tatsächlich in einer Gruft befinden. Sie scheint leer zu sein, Särge oder so was sind nicht zu sehen … Der Raum ist etwa so groß wie Birols Frühkauf. Boden, Wände und die kuppelartige Decke sind mit Steinplatten verkleidet, die alle dasselbe Muster tragen: Nachtfalter, wie der oben auf dem Grabstein. Dalia liegt zusammengerollt auf dem steinernen Boden und sieht furchtbar klein aus, verfroren und erschöpft. An ihrem Knöchel klebt Blut, aber es scheint bereits getrocknet zu sein. »Coolpack«, sagt sie mit müder Stimme. »Wegen Kälte … schecki?«

Da bemerkt Elvis den Nebel. Er kriecht über die Fliesen auf Dalia zu, fließt um sie herum, schlängelt sich an ihrem Körper hoch und hüllt sie ein.

Eine Decke aus Nebel.

Elvis' Rücken kribbelt.

»Dalia, ist hier außer uns noch jemand?«, fragt Elvis. Obwohl er es gar nicht fragen muss. Obwohl er es spürt.

»Fiep!«, macht es etwas oberhalb von ihm. Elvis hält die Kerze höher.

Vor ihm steht Hansi.

Der Junge aus dem Schrank.

Aus dem Schrank im Zimmer am Ende des Flurs.

Er hält Küçük fest umklammert und starrt zu Boden.

Hansi ist ein paar Jahre jünger als Dalia und Elvis. Seine Nase ist zierlich, und Elvis meint, so etwas wie winzige, weiße Sommersprossen darauf zu erkennen. Hansis Haare sind ganz kurz, fast abrasiert. Ein bisschen so wie bei Dalia, nur die Haare darüber sind ebenfalls kurz und er trägt einen linealgeraden Seitenscheitel. So komisch altmodische knielange Hosen hat er an, ein Hemd und Sandalen. Genau wie Elvis.

Und überall aus Hansis ... na ja: *Körper,* aus seinen Schultern, Armen und aus seinen Händen strömt, milchigen Fäden gleich, Nebel heraus.

In dünnen Schwaden fließt er zu Dalia hinunter und hüllt sie ein.

Nur mit Mühe kann sie ihre Augen offenhalten.

Küçük fiept und strampelt. Sie will hinunter. Aber Hansi hält sie fest.

»Gelatine«, Dalia rappelt sich mühsam hoch und stützt sich auf die Ellenbogen, »irgendwas ... *stimmt* nicht. Küçük kann ... *schweben!*« Dann sackt sie erschöpft zusammen. Ihre Augenlider zittern.

»Hansi?«, sagt Elvis und versucht, freundlich und sorglos zu klingen.

Doch Hansi sieht ihn gar nicht richtig an.

»Bitte«, nuschelt Dalia. »Können wir gehen? So … *kalt.*«

Dalia klingt so matt, als wäre sie bereits *dazwischen.*

»Hansi«, sagt Elvis nochmal. *»Bitte.«*

Der Nebel wird dichter.

Keine Panik jetzt, denkt Elvis.

Und: *Strategie!*

Wo sind überhaupt die anderen?

»Elo!«, ruft er laut nach oben. »Rambo Zibell! Hier unten! Ladislaus Skappo?!«

»Was?«, nuschelt Dalia. *»Rambo,* Alter …?«

Endlich sind die Stimmen der Geister zu hören, die Klappe, die sich nach Elvis' Sturz in die Tiefe wieder geschlossen hat, wird geöffnet, und im Schein der Kerze sieht Elvis, wie sich die Geister nebelgleich durch die geheime Luke zu ihnen hinunterlassen: Gitti und Elo Benzin, Gegge Mustopf, Erwin Mihály, Ladislaus Skappo, Bella Aral und Rambo Zibell und zuletzt ein etwas beleidigt aussehender Albert Odelfing zu Mottenstarr. Sie streiten darüber, wessen Schuld es ist, dass Elvis in die Gruft gestürzt ist. Doch als sie unten sind, verstummen sie auf einen Schlag. Ganz still stehen sie da.

Hansi rührt sich noch immer nicht, nur Küçük wimmert leise.

»*Hansi?!*« Elo Benzins Stimme ist ganz zittrig.

Hansis seltsam unbeteiligter Blick wandert über die Nachtfalter am Boden, über die Wände und dann wieder zurück zu Küçük. Er tippt ihr mit seinem milchigen Zeigefinger an die Ohrbüschel. Als wolle er sie necken oder mit ihr spielen. Doch Küçük fiept erschrocken und sträubt ihr Fell.

Elos Unterlippe zittert.

Gitti Benzin legt ihrer Tochter eine Hand auf ein Schulterpolster. »Ach Kindchen«, sagt sie leise. »Du bist nicht mehr acht! Wie soll er dich erkennen?«

Ladislaus Skappo sieht den Jungen mitfühlend an. Auch Rambo Zibell sieht traurig aus. Nur Bella Arals Miene ist nicht zu deuten.

»Mein Junge, wenn ich dir einen Rat geben darf«, posaunt Albert Odelfing zu Mottenstarr, »die Antwort lautet schlicht und ergreifend: Schokolade! Eine schöne heiße Tasse, mit Zimt und Kardamom aus meiner Pâtisserie hat noch jedes üble Läunchen kuriert!«

Übles Läunchen – Elvis ist empört. Da ist er nicht der Einzige. Ladislaus Skappo tritt Mottenstarr mit voller Wucht gegen das Schienbein. Der hüpft sofort übertrieben stöhnend auf und ab.

»Seien Sie nicht albern, Sie *spüren* doch nichts, sie Ungustl!«, herrscht Gitti ihn an. »Hansileinchen«, flötet sie dann und macht einen Schritt auf Hansi zu. »Erkennst du mich? Ich bins, die Gitti! Du warst doch früher immer bei uns, mit meiner Tochter, Elo! Im *Magendoktor!*«

Hansi betrachtet Gitti misstrauisch. Gitti Benzin streckt eine Hand nach ihm aus.

Hansi weicht zurück und faucht wie eine Katze.

»So ... *müde*«, nuschelt Dalia.

Natürlich, sie kann weder Hansi noch die anderen sehen. Oder hören. Er spürt wieder das Panikkribbeln. Warum macht denn keiner was?

»Ich weiß, dass es schwer ist«, versucht es Erwin Mihály diplomatisch. »Sieh mal, wir haben dir damals nicht helfen *können*. Mit deinem Vater konnte man ja nicht reden, der –«

»Vater!« Bella Arals Stimme gellt durch die Gruft. »Ja, wo ist denn der Vater? Mit dem hätte ich einiges zu *besprechen*!«

Hansi zuckt zusammen und presst Küçük noch fester an sich. Und als Elvis sich noch fragt, wie das überhaupt geht mit seinen Geisterhänden, japst Küçük nach Luft.

»Küçük ...«, wimmert Dalia.

»Hansi«, sagt Elvis. »Das bringt doch nichts. Wir sind ja hier! Du bist nicht allein und –« Was kann er nur sagen, um diesen unglückseligen Geist zu besänftigen? »Ich komm dich auch wieder in deinem Schrank besuchen«, versucht er es. »Und dann spielen wir was! Ja?«

Die Geister nicken.

Und schweigen.

Richtig laut schweigen sie.

Und plötzlich weiß Elvis, was Hansi braucht. Er braucht seine Geschichte.

Ein stiller Erzähler

Alle blicken auf Hansi, der still dasteht und sie alle ansieht. Nur der Nebel, der von ihm ausgeht, bewegt sich. Von Dalia ist nur noch der Kopf zu sehen.

Elvis sieht hilfesuchend zu Ladislaus Skappo. Der blinzelt Elvis zu. Und dann ertönt ein Donnergrollen. Ein ohrenbetäubendes KNALLEN und KRACHEN hallt von den Wänden der Gruft wider. Dann ist alles still. Die Geister blicken nach oben. Kam es vielleicht von dort? Da kichert Bella Aral erst leise und dann lauter, und mit ihr kichert Rambo Zibell, und als noch einmal ein unbeschreibliches *TRÖÖÖÖÖÖÖT* erschallt, begreift Elvis, woher die Geräusche kommen.

Aus Ladislaus Skappos Geister-Allerwertestem.

Wie das gehen soll, könnte vielleicht Madame al Nour

genauer ausführen, aber die ist gerade nicht zur Stelle, also geht es ohne große Erklärung weiter, wie ein verstorbener Kunstfurzer noch immer ein solches Dröhnen verursachen kann. Alle sehen Ladislaus Skappo an. Und zum ersten Mal, seit sie in der Gruft sind, sieht Elvis so etwas wie eine Regung in Hansis Gesicht. Es ist kein Lächeln, das nicht. Aber es ist etwas, was vielleicht einmal zu einem Lächeln werden könnte.

Skappo tritt vor und verbeugt sich. Dann zwirbelt er seinen Schnurrbart und macht ein so fröhliches und zugleich listiges Gesicht, dass Elvis sich gleich ein paar Grad wärmer fühlt. Also, innen drin.

Skappo zieht sich eine Rose aus der Nase, natürlich milchweiß und neblig, und reicht sie Rambo Zibell. Der will sie sogleich an Bella Aral weitergeben, doch schon löst sie sich in faserige Fäden auf und schwebt nach oben, Richtung Ausgang. Skappo greift sich an die Brust und zieht eine so elendige Herzschmerzmiene, dass Elvis leise kichert. Und dann stolpert Skappo über seine eigenen Füße, er macht sich so dünn und lang, dass er durch Elo Benzins Ohrringe hindurchschlüpfen kann, um dann verdutzt an seiner langgezogenen Erscheinung entlangzublicken und sich mit Fausthieben auf den eigenen Kopf wieder klein zu hauen. Als er, platt wie eine Briefmarke, kurz vor dem Boden angekommen ist und seine Nase auf dem zerlöcherten Schuh von Gegge Mustopf zu liegen kommt, niest er gewaltig und nimmt mit einem KNALL wieder seine ursprüngliche Gestalt an. Und so geht es weiter. Ladislaus Skappo macht einen Spaß nach dem anderen, bis auf Hansis Gesicht so etwas wie ein halbes Lächeln zu sehen ist. Bis er für einen Moment zu vergessen scheint, dass er ein einsamer und verlorener und ziemlich eifersüchtiger Geist ohne Geschichte ist. Es beginnt damit, dass sich der Nebel verzieht und Dalia langsam wieder zu sich kommt. Bei einer besonders akrobatischen Verrenkung von Skappo klatscht Hansi begeistert in die Hände. Küçük nutzt die Gelegenheit sofort. Das Eichhörnchen springt zu Dalia, schmiegt sein warmes Fell an Dalias Hals und tappt ihr mit seinen kleinen Pfoten im Gesicht herum. Endlich öffnet Dalia die Augen. Sie sieht Küçük an und lächelt. Dann presst sie ihr Gesicht an ihren flauschigen Körper.

Dann sieht Dalia Elvis an.

Für Dalia sieht es so aus, als stehe er ganz allein in der Gruft, die Kerze in der Hand. Die flackert und zaubert Schatten auf sein Gesicht. Elvis starrt in die leere Gruft, doch seine Augen bewegen sich. Es sieht fast so aus, als ob er jemandem zusehen würde. Ab und zu schmunzelt er, dann guckt er wieder ganz gerührt und nachdenklich und einmal lacht er laut auf. Das ist eigenartig. Sehr eigenartig. Und ein bisschen unheimlich. Ob sie aufstehen und Gelatine einmal kräftig durchrütteln soll? Laut ins Ohr brüllen? Ihn durchkitzeln?

Nein.

Besser nicht.

Besser, sie bleibt noch ein bisschen liegen. Mit Küçük im Arm fühlt sie sich schon etwas lebendiger. Besser, sie sieht Elvis einfach zu. Auch wenn Dalia nicht versteht, was sie da eigentlich sieht. Aber sie hat so eine Ahnung, dass da vielleicht ganz viele Leute in der Gruft sind. Viele Erwachsene und ein Junge. So wie auf dem Bild von Elvis' Mutter.

Könnte ja sein, oder?

Als Ladislaus Skappo mit seiner Vorstellung fertig ist, verbeugt er sich.

Dann geht er zu Elvis. Er verbeugt sich vor ihm und deutet auf Dalias Rucksack am Boden. Elvis hebt ihn auf und hält ihn Skappo hin. Skappo sieht ihn abwartend an. Hält seine Hand auf. Formt mit seinem Mund ein Wort. Es sieht fast so aus wie:

Ei.

Ei?

Und Elvis weiß, was Skappo will.

Er greift in Dalias Rucksack, zieht das viel zu schwere Ei heraus und hält es Skappo hin. Der betrachtet es ehrfürchtig. Dann hält er das Ei für einen Moment an sein Ohr und horcht. Sein Gesicht wird ernst. Dann nickt Skappo und steckt sich das Ei in den Mund. Er schluckt, hickst laut und klopft sich auf den Bauch. Und dann erzählt Ladislaus Skappo die Geschichte von Hansi.

Er erzählt sie auf seine Weise. Ohne Worte. Nur mit seinem Körper.

Er ist ein Kind, ist klein und sehr allein, vermisst seine Mutter und ist vollkommen falsch für seinen Vater, vollkommen falsch. Er ist zu dünn, zu schwach und viel zu empfindlich; er ist zu – *alles!* Aber endlich, er findet eine beste Freundin! Skappo erzählt von dem Blutschwur mit dem rostigen Nagel oben im Zimmer am Ende des Flurs und von einer achtjährigen Elo. Und als die echte, erwachsene Elo sich eine Geisterträne aus dem Augenwinkel wischt, erzählt Skappo von Hansis Mutter, die es nicht lange aushielt bei dem harten Mann in dem Haus auf dem Friedhof. Er erzählt von dem Zimmer der Mutter im zweiten Stock und von den Kleidern, die sie zurückließ. Und davon, wie die Kleider Elo und Hansi zu Fabelwesen machten. Sie verwandelten sich darin in Nachtfalter, Elfen und Libellen. Ihre Körper mögen in dem kleinen Zimmer am Ende des Ganges im zweiten Stock gewesen sein, in dem alten Haus auf dem Friedhof, und doch waren sie ganz weit weg, in ihrer eigenen, grenzenlosen Welt.

Hansi lächelt versonnen.

Es ist ein ganz stilles Lächeln. Das erste seit Jahrzehnten.

Dann wird Skappos Miene ernst. Richtig finster sieht er aus.

Er wirkt jetzt hager und gebeugt. Er ist ein alter Mann mit Stock und Hut. Hansi weicht zurück. Er springt neben

Elvis und greift seine Hand. Elvis drückt sie fest, so gut es geht, doch es ist, als würde er in Nebel greifen. Skappo geht eine imaginäre Treppe hinauf. Und dann erzählt er von dem schrecklichen Tag im Jahr 1956. Von dem Tag, an dem der Vater Hansi im Schrank findet, zwischen den Kleidern der Mutter. Skappo erzählt von schlimmen Worten, einer Ohrfeige und dem Stock.

Sein Blick wird hilflos, ängstlich, klein.

Skappo ist Hansi und Hansi will bloß weg von diesem Mann, weg aus diesem dunklen Haus und als er den Hieben ausweicht, rückwärts durch die Tür und den Flur entlangstolpert, denkt er in seiner Panik nicht an die Treppe, die schon immer viel zu steil und verwinkelt gewesen war …

Stock & Hut

Alle stehen da und sehen Hansi an. Betroffen, betrübt, beschämt.

Hansi lässt Elvis' Hand los und nickt. Es sieht fast so aus, als wolle er klatschen.

Da tritt Gegge Mustopf auf Skappo zu. Er hält seinen milchigen Hut in beiden Händen und macht ein furchtbar verlegenes Gesicht. Dann raunt er Skappo etwas ins Ohr, legt den Hut auf den Boden und tritt mit gesenktem Kopf zu den anderen zurück.

Und dann erzählt Skappo noch etwas.

Er lässt seine Arme sprechen, seinen Rücken und seine Füße. Er spricht davon, wie der Vater seinen Hansi auf den Friedhof brachte, in einer stürmischen Nacht. Beobachtet allein von den Sternen und einem angeschickerten Gegge

Mustopf, der gerade sein Bier über Umwege in die Büsche beförderte, als er den alten Stahl herbeihumpeln sah.

Ladislaus Skappo erzählt von der alten Eiche, von dem geheimen Grab darunter und von dem Stein. Von dem großen Unrecht.

Zuletzt deutet er noch an, wie ein wilder Wind dem Vater den Hut vom Kopf wehte und ihn über den Friedhof trug, bis vor die Füße von Gegge Mustopf. So einen schönen Hut hatte der noch nie besessen.

Da tritt Erwin Mihály hervor und zeigt verlegen seinen Stock. »Im Morgengrauen hab ich ihn gefunden«, sagt er und senkt den Kopf. »Als ich bei Gitti raus bin. Er ragte aus einem Busch auf dem Friedhof heraus. Und mit meinem lahmen Bein … So einen Stock hatte ich mir schon *immer* gewünscht!« Mihály zuckt mit den Schultern und sieht Hansi an. »Wir haben ja versucht, deinen Vater zur Rede zu stellen. Aber der hat uns mit der Polente gedroht! Uns! Wegen Diebstahl seines Eigentums und angeblicher *Gaunereien.*« Erwin Mihály blickt hilfesuchend zu Gegge Mustopf. Der nickt: »Einen guten Draht zur Polente hatte der alte Stahl schon immer. Wir haben Bammel bekommen.«

Bella Aral gibt ein Knurren von sich. Gitti schnäuzt sich in eine Serviette, auf der das Emblem des *Magendoktors* prangt. Wieder pirscht sich Mottenstarr an Elo Benzin heran: »Wollen Sie das Geheimnis meiner Cremeschnitten wissen? Lavendel! Aber nur eine winzige Spur!« Elo Benzin dreht sich nicht mal um. Sie rammt ihren Ellenbogen nach hinten, Mottenstarr in den Magen. Er löst sich in dünne Fäden auf.

Doch Hansi beachtet die erwachsenen Geister nicht mehr.

Er sieht Dalia an, die am Boden liegt und Elvis aufmerksam beobachtet. Er sieht Küçük an, die sich an Dalia geschmiegt hat und mit ihren kleinen Pfoten in ihrem schwarzen Haar zupft.

Und dann sieht er Elvis an.

Ganz lange.

Und dann spricht er.

Leise und klar ist seine Stimme.

»Ich bin Hansi«, sagt Hansi.

»Ich bin Elvis«, sagt Elvis.

Und dann reichen die beiden sich die Hand und Elvis findet es gar nicht mehr schlimm, dieses Nebelgefühl.

Hansi sieht Elvis an, als warte er auf etwas ...

»Ich, äh ... kümmere mich darum. Versprochen«, sagt Elvis.

Hansi lächelt.

Und nickt.

Und dann ist er verschwunden.

Dort, wo eben noch die kleine Geistergestalt von Hansi Stahl zu sehen war – nichts. Elvis sieht zu Gegge Mustopf und Erwin Mihály, die sich mit großen, löcherigen Taschentüchern durch die Gesichter wischen, dann sind auch sie nicht mehr zu sehen. Das Letzte, was Elvis von Rambo Zibell erkennen kann, ist sein freundliches Grinsen. Gleich darauf ist auch Bella Arals ernste Gestalt verschwunden. Gittis glitzernder Pullover mit dem Bierkrugmuster flimmert vor Elvis Augen ein letztes Mal auf und ist weg. Zuletzt sieht Elvis Elo Benzins Lächeln.

Elo nickt ihm zu.

Und dann sind alle neun Geister weg.

Wenn der Munkevogel Karga

Wenn der Munkevogel Karga in diesem Moment über Berlin fliegen würde, genauer gesagt über den Stadtteil Wedding, genauer gesagt über das Karree Seestraße bis Müllerstraße, Pankstraße und Badstraße, dort, wo tatsächlich noch immer Sturmäste und Blütengatsch auf den Bürgersteigen liegen und wo sich unsere Geschichte zuträgt, dann würde er Folgendes sehen (und ihr müsst wissen, dass der Blick des Munkevogels Karga durch Wände und in Herzen geht, er Gedanken lesen kann und die Gefühle der Menschen in ihm schwingen, als wären es seine eigenen): Der Munkevogel Karga würde Sedat Gursinski sehen, wie er auf dem zottigen Teppich im Wohnzimmer liegt und einen unruhigen Schlaf schläft. Den Bauch voll Komischkaffee und den Kopf voll wundersamer Elvis-Träume. Der

Munkevogel würde eine Schleife über dem Friedhof drehen, wo sich noch immer ein paar Geister darüber streiten, was das wirksamste Mittel gegen Unpässlichkeit und spontanes Erbrechen ist. Selbstverständlich würde der Munkevogel Karga auch einen Blick in die alte Gruft werfen, wo sich in dieser Nacht etwas Außergewöhnliches abspielt. Er würde den zarten Keim echter Freundschaft in Elvis und Dalia glimmen sehen, und er würde dieses besondere Geräusch hören, das entsteht, wenn eine Seele von einer schrecklichen Last befreit wird. Er würde die milchige Gestalt Hansis sehen, des Jungen, der vor langer Zeit in dem alten Haus auf dem Friedhof gelebt hat und dessen Geschichte nun erzählt ist. Er würde sehen, wie sie sich mit einem letzten Lächeln in der Nacht auflöst und in den Himmel emporsteigt. Der Munkevogel Karga würde zufrieden mit seinem Kopf nicken und sich für einen Moment in einer Zypresse niederlassen, um sein Gefieder zu ordnen. Würdet ihr ihn in diesem Moment sehen, würdet ihr ihn vermutlich für eine ganz normale Krähe halten.

Dann würde sich auch der Munkevogel Karga emporschwingen und mit langen Flügelschlägen den Nachthimmel vermessen. Zuletzt würde er Madame al Nours »Ach!« hören, die es in der Turiner inzwischen die Treppe hinuntergeschafft hat, und aus dem Augenwinkel würde er Birol sehen, der, eine Zigarette zwischen die Lippen geklemmt, den Rollladen seines Frühkaufs hinunterlässt und

Madame al Nour zu Hilfe eilt, die ihn endlich erreicht hat, per Telepaphon.

Ach, diese seltsamen, diese lächerlichen, diese liebenswürdigen Menschenkinder, würde der Munkevogel Karga denken und er würde sein perlendes, goldenes Lachen lachen. Das Letzte, was der Munkevogel Karga sehen würde, bevor er sich mit schnellen Flügelschlägen auf den Rückweg nach Imagistan macht, wäre Peggy Gursinski. Mit wehenden Haaren rennt, ja fliegt sie geradezu durch die Nacht und denkt nur einen einzigen Gedanken: Elvis!

Peggy Gursinski

Peggy Gursinski rennt durch die Nacht. Ihre Ablöse im Altenheim ist da, endlich kann sie nach Hause! Sie macht sich ganz schreckliche Sorgen wegen des Bildes. Wegen des Bildes, an dem sie drei Tage ohne Pause gearbeitet hat. Sie kann sich nicht mehr genau erinnern, was sie da eigentlich gezeichnet hat … Es ist eigenartig, fast, als ob ihr jemand ein Glas Milch in den Kopf geschüttet hätte. Aber Peggy Gursinski hat eine seltsame Vorahnung.

Denn ein anderes Bild ist ihr eingefallen.

Eins, das sie vor ein paar Jahren für Sedat gezeichnet hat.

Ein Geschenk hatte es werden sollen. Ein Portrait. Anfangs hat es auch richtig gut ausgesehen, lange hat sie daran gezeichnet. Doch als sie Sedat das Bild überreichte, war er komplett beleidigt. »So siehst du mich?«, hat er gesagt und mit hängenden Schultern dagestanden. Da hat sie sich das Bild noch einmal angesehen. Sedat war kaum noch zu erkennen, der Teppich hatte ihn beinahe ... *verschlungen*? *Verdaut*? Ein bisschen sah es jedenfalls so aus, wie die filzigen Zotteln, Fangarmen gleich, um seine Lederjacke schlängelten. Von Sedats Gesicht war auch kaum noch etwas zu sehen. Und schon wieder war sie einfach nur verblüfft und musste sich fragen: *Das habe ich gezeichnet*?

Sedat hatte ein paar Tage grummelig vor sich hin gebrütet und dann, ja, dann hat er irgendwann tatsächlich begonnen, auf dem Teppich zu liegen.

Wenn sie im Zeichenzimmer verschwand, wenn sie wieder rauskam. Sedat lag auf dem Teppich. Sie war auch nicht sicher, ob das wirklich sein konnte, aber es kam ihr tatsächlich ein bisschen so vor, als ob er jeden Tag tiefer in der weißen Wolle versank ...

Endlich erreicht Elvis' Mutter den Friedhof in der Ruheplatzstraße. Sie zittert, und es fühlt sich an, als würde sie durch einen Tunnel laufen. Nur ist der Tunnel dunkel und sie kann nichts sehen außer Finsternis. Und am Ende dieses Tunnels wartet irgendwo ihr Kind.

Peggy Gursinski rennt ins Haus, sie hastet die Treppe in den ersten Stock hinauf und stürzt in Elvis' Zimmer. Das Bett ist leer. Neben Elvis' unberührter Matratze steht ein kleiner Karton, darin liegt sein alter Frottee-Schlafanzug, dazwischen Gräser und Moos. Sofort sieht sie in ihrem eigenen Schlafzimmer nach, doch auch ihr Bett ist unberührt.

Kein Elvis.

Keine Küçük.

Das Bild!

Peggy Gursinski poltert die Treppe zurück nach unten. Als sie die Tür zu ihrem Zeichenzimmer aufmacht, fasst sie in etwas Glibschiges. *Igitt!* Sie riecht an ihrer Hand. Das ist doch ... *Öl!?* Vielleicht ... ein Scherz? Ja, vielleicht will Elvis sie ärgern und hat sich einen kleinen Scherz erlaubt ... »Knuffelchen, du Witzbold!«, ruft Peggy Gursinski und bemüht sich dabei, locker und nett zu klingen, obwohl sie sich innen ganz anders fühlt.

Natürlich ist Elvis nicht im Zeichenzimmer.

Wie oft sie ihm das bei *allerhöchster Gursinski-Strafe* verboten hat, kann sie gar nicht zählen. Ihre Schuhe machen Knirschgeräusche auf dem Boden. Ist das ... Zucker?! Salz?!

Auf jeden Fall ist das in der Mitte des Raumes ihr Bild.

Ihr vertrixtes Bild. Unter dem Laken.

Peggy Gursinski reißt den Stoff von der Staffelei und sieht sich an, woran sie mehrere Tage und Nächte ohne Pause gezeichnet hat.

Ohne Trinkpause.

Ohne Essenspause.

Ohne Elvis-Pause.

Zuerst sieht sie nur Gekrakel. Wirre Linien in Blau und Schwarz. Dann verschieben sich die Linien vor ihren Augen und sie erkennt einen Raum mit einer kuppelartigen Decke. In dem Raum befindet sich eine kleine Gruppe von Menschen. Auf dem Boden zusammengerollt liegt jemand ... ein Kind scheint es, mit Turnschuhen und Pferdeschwanz. Und dann ist da noch ein Kind. So ein kleines, dünnes. Altmodisch und irgendwie unheimlich sieht es aus.

Küçük ist auch auf dem Bild.

Und Elvis.

Ja. Ihr Elvissimo, der liebste Elvis jenseits der Milch- und Kakaostraße.

Doch auf dem Bild sieht er anders aus. Ganz bei sich. Selbstbewusst.

Plötzlich erträgt Peggy Gursinski den Anblick des Bildes nicht mehr.

Sie deckt das Bild zu, geht in die Küche und trinkt ein Glas Wasser.

»Konzentrier dich, Peggy Gursinski«, sagt sie laut.

Und Peggy Gursinski konzentriert sich.

Sie konzentriert sich und geht ihre Erinnerungen durch, denn irgendwo hat sie diesen Nachtfalter schon einmal gesehen! Ja, es war, als sie zum ersten Mal mit Elvis über den Friedhof gegangen ist, am Tag ihres Einzugs! Sie haben das alte Grabmal mit dem Eulenfalter – Noctudiæ – entdeckt, und Elvis wollte ihn unbedingt abzeichnen, aber es gelang ihm nicht richtig. Sie haben schließlich das Papier über den Grabstein gelegt und sind mit dem Bleistift darübergefahren. Ganz vorsichtig, wegen der Einsturzgefahr.

Und plötzlich weiß Peggy Gursinski, was das für ein Raum sein könnte.

Vertrixt, denkt Peggy Gursinski. Vertrixte Zeichnerei.

Was, wenn ihre Bilder tatsächlich irgendwie ... *prophetisch* sind? Zukunftsahnend oder so?

Mit großen Schritten durchquert sie das Wohnzimmer. Sie muss schnellstmöglich auf den Friedhof, muss hinaus zu diesem Grabstein und prüfen, ob ... Muss ihren Elvis – in diesem Moment stolpert sie über etwas. Nein, es ist kein *Etwas*, das da auf dem Teppich liegt.

Es ist ein *Jemand*.

Und dieser *Jemand* ist Sedat Gursinski.

Das Kind, das die Toten hört

Elvis und Dalia hocken zusammengekauert in der leeren Gruft. Sie sitzen ganz nah beieinander und streicheln Küçük, die es sich zwischen ihnen gemütlich gemacht hat. Die Kerze ist fast heruntergebrannt. Oben scheint es langsam Tag zu werden, graues Dämmerlicht dringt durch die Ritzen der Luke zu ihnen hinein.

»Echt schade, dass du die Geister nicht sehen konntest, Dalia al Nour«, sagt Elvis ins Dunkel. Bestimmt sagt sie gleich: »*Geisterkleister, Gelatine, niemand war da. Schecki?*« oder »*Du bist komplett gagaisiert, Alter. Ich habs gewusst.*«

Doch Dalia sagt nichts. Elvis kann sie lächeln hören. Dann knufft sie ihm in die Seite. »Macht nichts. Ich kann sie mir ja vorstellen, Elvis Gursinski.«

Elvis' Magen fühlt sich an, als läge einer von Babas frisch gebackenen Zucchinipuffern darin.

In diesem Moment ruckelt es über ihnen, Laub und Erdbröckchen rieseln auf ihre Köpfe. Dann knallen direkt neben Elvis die metallenen Füße einer langen Leiter auf den Boden.

»Hallo?!« Peggy Gursinskis Stimme überschlägt sich fast. »Elvis! Bist du da drin? Ist jemand verletzt?«

Baba brüllt gleichzeitig: »Alles wird gut! Alles wird gut! Wir sind da!«

Küçük macht einen Satz über Elvis hinweg, keckert laut und flitzt die Leiter hinauf. *Klack, klack, kratsch* machen ihre Krallen auf dem Metall – schon ist sie verschwunden. Einfach so. Wie die Toten.

Dalia lehnt sich über Elvis' Beine. »Frau Gursinski?!«, brüllt sie viel zu laut in sein Ohr. »Hier! Wir sind hier unten! Elvis ist *hier*!«

Elvis fühlt sich, als habe ihm jemand einen Medizinball mitten ins Gesicht geknallt. Er fühlt Mamas blöden Zettel in seiner Tasche.

Eben noch war er mitten in einer Geistergesellschaft und jetzt sind sie alle weg: Elo Benzin, Bella Aral, Hansi ... alle!

Und die Stimme seiner Mutter ist viel zu laut und überhaupt geht ihm das alles ein bisschen schnell. Es ist eigenartig, aber Elvis, hat so ein Gefühl, als ... ja: als vermisse er Ladislaus Skappo.

Wie gern würde er noch einmal eine seiner lustigen Darbietungen sehen. Und bestimmt könnte er seiner Mutter viel besser erklären, warum das mit dem Zettel keine gute Idee war! Aber Skappo war weg, und Elvis weiß, dass wird er ganz allein schaffen müssen.

»Elvis«, sagt Dalia und knufft ihn nochmal. »Komm. Hilf mir. Bitte.«

Elvis sieht Dalia an. Bleich und müde sieht sie aus, mit dunklen Schatten unter den Augen und Blut an ihrem weißen Schuh. Er rappelt sich auf, nimmt Dalias Hand und zieht sie hoch.

Irgendwie schafft Elvis es, Dalia die Leiter hinaufzuschieben.

Irgendwie schafft er es sogar, hinterherzuklettern und sich an den Efeuranken in das fahlgraue Licht des frühen Sonntagmorgens zu ziehen. Obwohl sein Körper das gar nicht will und sich mit einem Mal viel zu schwer anfühlt.

Kaum ist Elvis oben angekommen, geht das Durcheinander los. »Frau Gursinski!«, brüllt Dalia aufgeregt. »Es war alles wie auf Ihrem Bild! *Genau so!*« Seine Mutter kreischt viel zu laut »*Elvissimo!*« und wirft sich auf ihn. Mamas Haare sind überall. Baba steht etwas verlegen da und tätschelt Elvis' Haare. Dann besinnt er sich und legt Dalia seine Lederjacke um die Schultern und begutachtet ihre Verletzung. Durch die Haare und Küsse seiner Mutter hindurch fängt Elvis Dalias Blick auf.

Erwachsene sind so, sagt dieser Blick. *Meine Oma auch. Immer.*

Elvis bezweifelt, dass Dalias Großmutter einfach so abhaut und nur einen beschissenen Zettel zurücklässt. Oder einpennt, wenn es brenzlig wird.

Aber es ist nett von Dalia.

Sehr nett sogar.

Auf einmal riecht der Morgen nach Jasmin. Elvis blickt sich um. Madame al Nour rollt auf sie zu. Wie eine Königin thront sie oben auf ihrem Rollator, den Aschenbecher in der Hand und Zazie um den Hals. Hinter ihr lugt ein schnaufender Birol hervor. Er schiebt den Rollator über den Hauptweg.

»Tempo, wenn ich bitten darf!«, ruft Madame al Nour und wedelt mit einem Räucherstäbchen in der Luft herum. »Daliakindchen, ich eile!«

Dalia springt auf ihre Großmutter zu, und als sie Madame al Nour in die Arme fällt, kommt es Elvis vor, als würde ihr Pelzkragen die Nase kräuseln.

Birol betrachtet die Gursinskis und die al Nours und lächelt. »Na, endlich«, sagt er. »Ich hab da so ein Gefühl, als ob es wieder wärmer wird. Wetterumschwung!«

Die altersschwache Straßenlaterne jenseits der Mauer flackert ein letztes Mal, dann geht sie knisternd aus. Die Tagvögel schmettern laut und fröhlich ihr Morgenlied und die Geschehnisse in der nächtlichen Gruft kommen Elvis mit einem Mal sehr weit weg vor. Doch trotz des neuen Tages spürt Elvis, dass es noch nicht vorbei ist.

Er hat noch etwas zu erledigen.

Etwas Wichtiges. Er hat es versprochen.

»Dalia«, sagt er. »Hilf mir. Bitte.«

Dalia sieht ihn an mit ihrem Blick, dem nichts entgeht. Dann nickt sie und befreit sich aus der pelzigen Umarmung ihrer Großmutter. »Leute!«, verkündet sie »Und … äh … Großmutter! Wir haben noch was zu erledigen! Ihr könnt mitkommen, wenn ihr wollt.«

Die Erwachsenen sehen sich verdutzt an. Nur Sedat Gursinski lächelt. »Aber sicher, Frau Doktor«, sagt er und grinst Dalia an.

Elvis und Dalia gehen voran, sie überqueren den Hauptweg und machen einen kleinen Bogen um den eingetrockneten Haufen Elvis-Kotze. Sie kommen am Gursinski-Haus vorbei, das vor langer Zeit einmal das Stahl-Haus gewesen ist. Sie durchqueren den Morgen, bis sie bei der alten Eiche ankommen.

Ganz vertraut sieht alles aus und doch ganz neu.

Hier hat alles begonnen.

Vor über 70 Jahren.

Irgendwo über ihnen zwitschert Küçük.

Dalia und Elvis sprechen nicht.

Sie ziehen die beiden Hälften des großen Astes aus dem Lavendelbusch. Des Astes, der Küçüks Zuhause war, bis der große Sturm ihn vom Baum gerissen hat und direkt auf den alten Feldstein krachen ließ. Auf den Grabstein ohne Namen. Sie legen ihn ins Gebüsch dahinter. Elvis kniet sich vor den Stein und legt eine Hand darauf. Dalia wühlt in ihrer Tasche. Sie holt einen fetten Edding hervor und zieht eine entschuldigende Grimasse. Elvis nimmt den Stift. Und dann schreibt er etwas auf den Grabstein.

Hansi

Die Erwachsenen sind ganz still. In ihren Gesichtern sind eine halbe Million Sorgen und Ängste zu sehen. Sie sehen Elvis und Dalia an und stehen jetzt fast so, wie in der Nacht die Toten gestanden haben: im Halbkreis um Dalia und Elvis und Hansis Grabstein herum. Küçük lässt eine Eichel auf Madame al Nours Kopf fallen. Dalia tritt vor. Und dann erzählt sie eine Geschichte:

Es war einmal ein Kind. Dieses Kind hatte eine Gabe. Und zwar eine ganz besondere. Nur wusste das Kind gar nicht, dass es diese Gabe hatte, und die meisten anderen Menschen, dumm, wie die Menschen eben sind, begriffen es ebenfalls nicht. Seine Lehrer dachten, es sei ein bisschen hinterher.

Und verquer. Sehr sogar und die anderen Kinder in der Schule ärgerten es, klar.

Tag für Tag, Jahr für Jahr. Selbst die Eltern des Kindes begriffen nicht, was für ein Schatz das war, den ihnen das Leben da geschenkt hatte. Das Kind aber, es machte sich nichts aus alledem. Es machte sich nichts daraus, dass es keine Freunde hatte, und bemerkte nicht einmal, wenn die anderen es auslachten. Denn das Kind war sehr beschäftigt. Seine Gabe war nämlich, dass es die Toten hören konnte. OMG!, *denkt ihr vermutlich jetzt, aber es ist tatsächlich wahr. So wahr ich hier steh. Ja. Das Kind konnte mit Geistern grübeln, mit den Toten tüddeln, mit Kadavern palavern, mit seligen Seelen säuseln, mit Abgekratzten quatschen, mit Verblichenen kichern und mit Leichen labern.*

Kurz: Es konnte die Verstorbenen verstehen.

Und sie wollten gern verstanden werden, all diese Geister, Toten, Seligen und Verstorbenen, und so war das Kind die ganze Zeit damit beschäftigt, ihnen zuzuhören und für sie da zu sein. Das Kind bemerkte nicht mal, dass es selbst niemanden hatte, der ihm zuhörte und für es da war.

Eines Tages aber, da kam ein Geist zu ihm, der anders war. Traurig, einsam, verletzt, ungeliebt. Komplett. Und dieser Geist, der wollte mehr von unserem Kind mit der Gabe. Er wollte, dass das Kind nur noch für ihn da war! Er wollte das Kind ganz für sich haben! Nicht teilen! Best friends forever!

Zum Glück ist das Kind so oft für die anderen Geister da gewesen, dass sie nun alle kamen, um ihm zu helfen. Denn die Gabe, die das Kind besaß, war nicht nur herausragend. Sie war auch gefährlich. Und zwar für das Kind selbst. Denn wer immer nur auf die anderen schaut, der sieht sich selbst nicht mehr.

Ozeantorte

Als Dalia fertig ist mit ihrer *Geschichte*, sind zu der halben Million Sorgen und Ängste in den Gesichtern der Erwachsenen noch ungefähr eine halbe Million Fragen dazugekommen. Madame al Nour sieht aus, als würde sie ihre Enkelin am liebsten sofort mit nach Hause nehmen und einer genauen Befragung unterziehen.

»Ich weiß«, sagt Dalia zu ihrer Großmutter. »Ich habe keine Gabe und die Zwischenprüfung habe ich auch nicht bestanden. Schamaninnen sind an der Schwelle, aber ich sehe nicht mal die Tür.«

Madame al Nour winkt ab. Sie will etwas sagen, doch Dalia ist noch nicht fertig.

»Ist okay, Oma. Ich bin gar nicht so scharf auf Frau Rogalskis Hühneraugen.«

Madame al Nour macht ein krächzendes Geräusch.

Da räuspert sich Sedat Gursinski. »Weißt du, Frau Doktor, ich habe lange ähnlich gedacht«, sagt er und lächelt Dalia aufmunternd an. »Aber über Jahre des Grübelns auf unserem Teppich bin ich zu dem Schluss gekommen, dass überhaupt *niemand* falsch ist. Es sind die Umstände, die dazu führen, dass sich jemand falsch fühlt. Das ist jedenfalls meine Meinung.«

Peggy Gursinski blinzelt und räuspert sich, auch Birol schluckt gerührt. Madame al Nour nickt nachdenklich. In diesem Moment kommt etwas aus der Eiche gesprungen. Ewas Rotbraunes, Flinkes und ganz und gar Flauschiges.

Küçük.

Mit einem Satz landet sie auf Madame al Nours Schulter, und bevor die auch nur »Ach!« sagen kann, hat Küçük Zazie gepackt und ist mit dem Pelztierkragen in der Baumkrone verschwunden.

»So kanns gehen«, sagt Peggy Gursinski und guckt ihren Mann noch immer nachdenklich von der Seite an

»Na ja. Jedem Tierchen ihr Pläsierchen«, sagt Madame al Nour und kratzt sich an ihrem nackten Hals. »Ist eigentlich immer meine Devise gewesen. Du kannst werden, was du willst, mein Kind. Aber du bist und bleibst: fabelhaft. Die beste Enkeltochter der Welt. Mein *Daliakind.*«

Dann zieht sie ihren goldenen Totenkopfring vom Finger. Sie greift nach Dalias Hand und steckt ihr den Ring an.

»Auch wenn du vielleicht nicht meine Nachfolgerin wirst. Verdient hast du ihn dir trotzdem.«

Dalia blickt auf ihre Hand.

Torte sieht das aus.

Komplett.

Ein bisschen verlegen steht Elvis mit Mama und Baba daneben. Er hat seine Eltern so lange nicht mehr auf einem Fleck gesehen, dass er gar nicht weiß, wie er sich verhalten soll. Die beiden scheinen es auch nicht zu wissen, sie sehen irgendwie unsicher aus. Es ist wärmer geworden auf dem Friedhof. Die Morgensonne hat ihre alte Kraft zurück, die ersten Insekten schwirren herum.

GNOAR! Das war Elvis' Magen.

Birol stößt Baba an.

»Natürlich!«, ruft der. »Ein Festmahl! Mindestens. Ich mach uns jetzt *endlich* Mücver. Kommt alle! Kommt mit ins Haus!«

Recht hat Sedat Gursinski. Denn wenn sechs Mägen gleichzeitig knurren, ist nicht die Zeit zum Reden. Die ganz großen Aussprachen müssen warten und mit Hunger im Bauch lässt sich nicht gut verzeihen.

Elvis rennt vor, um alle Zutaten bereitzustellen. Und vielleicht auch, um der ein oder anderen Frage zu entgehen. Seine Eltern sehen ihn die ganze Zeit so an. Immerhin, Elfriede Schumschill hatte Recht, seine Mutter ist zurückgekommen.

Elfriede Schumschill ... Schade ist es schon, dass sie in dieser Nacht nicht dabei war! Elvis hätte sie zu gern als milchigen Geist getroffen. Und ein bisschen von ihrer freundlichen Wärme hätte er auch gebrauchen können unten in der Gruft.

Elvis betritt das Haus. Es ist warm, hell und es duftet nach Kuchen.

Der Wohnzimmertisch, den sie sonst nie benutzen, ist gedeckt. Teller und kleine Gabeln sind da und sogar die kleinen Mokkatassen.

Eigenartig, das kann doch nicht ...?

Vorsichtig lugt Elvis in die Küche. Neben der gelben Rührschüssel liegen die leeren Schalen aufgeschlagener Eier, eine angebrochene Packung Butter, ausgepresste Zitronenhälften, Zucker, Vanillepulver und Mandelsplitter. Einen Lavendelzweig sieht Elvis auch.

»Na, Jungchen«, dröhnt es in seinem Kopf. »Wenn du mich fragst, so ein *Happy End* braucht eine ordentliche Torte! Und mir ist endlich die geheime Zutat eingefallen.« Für einen Moment ist Elvis, als wäre der Umriss einer kleinen, rundlichen Person mit Dauerwelle in einem geblümten Polyesterkleid und zierlichen, roten Damenschuhen vor dem Fenster aufgeschienen. Da sieht er die Torte. Sie steht auf dem Küchentisch und sieht einfach phänomenal aus: zwischen zwei Schichten luftigen Biskuitteigs ist eine gelbliche Creme mit winzigen, lilafarbenen Pünktchen und feinen Fasern Zitronenschale darin. Ganz obendrauf liegt knuspriges, wellenförmiges Baiser, garniert mit gerösteten Mandelsplittern.

Das kann nur eines sein:

Ozeantorte!

Elvis blickt auf. Das Letzte, was er von Elfriede Schumschills Geistergestalt sieht, ist ein Auge, das ihm zuzwinkert.

Und damit ist das absolut Unmögliche möglich und das absolut Wunderbare perfekt. In Elvis Gursinskis Bauch explodiert ein zitronengelbes Britzelgeprickel.

Er weiß, jetzt kann ihm wirklich gar nichts mehr passieren.

Epilog
Jetzt

Stellt euch ein Bild vor. Ungefähr drei mal drei Meter groß, mit den besten Farben der Welt, und es ist alles darauf, was ihr braucht, um glücklich zu sein.

Das neue Gemälde von Elvis' Mama ist so ein Bild.

In Herbstfarben, alles leuchtet.

Der Hauptweg führt schnurgerade über den Friedhof. Links und rechts davon biegen kleinere Wege ab und alle Gräber sind zu sehen. Das Grab von Elfriede Schumschill hinten bei der Bank unter der Birke zum Beispiel. Wenn ihr genau hinseht, könnt ihr eine Ecke des Käfer-o-leums erkennen, die aus dem Efeu lugt. Es hat wohl kürzlich wieder eine Insekten-Bestattung gegeben. Und da ist der Grabstein von Rambo Zibell, mit seinem torte Foto darauf. Schräg gegenüber ist das Monument von Albert Odelfing zu Mottenstarr und ein bisschen weiter steht das Holzkreuz von Ladislaus Skappo. Ganz in der Nähe von Gegge Mustopf und Erwin Mihály. Und die Stele von Bella Aral ist da, mit einer roten Nelke davor. Der uralte Teil des Friedhofs ist natürlich auch auf dem Bild. Hier leuchten die Farben besonders. Die Grabsteine sind verwinkelt und schief, besonders der neben dem steinernen Mädchen unter der Trauerweide. Der mit dem Nachtfalter darauf. Nur der grüne Aufkleber fehlt. Ob Peggy Gursinski vergessen hat, ihn zu malen? Aber natürlich sind nicht nur Gräber auf dem Bild zu sehen. Da ist das Gursinski-Haus! Nur dass nicht mehr nur ein Namensschild an der Tür hängt. Ein zweites ist darüber angebracht worden, Dalia hat es in der ersten Klasse im Hort gebastelt. Die Fenster blitzen und hinter jedem ist etwas zu entdecken: In einem Fenster im zweiten Stock hängen pinkfarbene Perlenvorhänge, auf dem Fensterbrett des Zeichenzimmers ist bunte Malkreide zu sehen und in einem anderen steht Babas Erkin-Koray-Tasse.

Menschen sind auch auf dem Bild, klar. Auf der Terrasse sitzt Madame al Nour mit Birol beim Kaffee. Madame al Nour trägt ihr Leopardenstirnband und hievt einem dünnen, alten Herrn, der ein bisschen an ein Blatt Papier erinnert, ein großes Stück Torte auf den Teller. Herr Hildebrandt ist also auch da! Birol lackiert sich die Fingernägel mit Madame al Nours goldenem Nagellack. Auf der großen Tortenplatte in der Mitte des Gartentisches steht eine perfekte Ozeantorte, mit Mandelsplittern auf dem knusprigen Baiser und einer Messerspitze zerriebener Lavendelblüten in der Zitronencreme. Herr Hildebrandt lächelt, er trägt seinen besten Anzug.

Mama und Baba sind auch auf dem Bild. Sie arbeiten hinten beim Kompost, in der Sonne. Laub harken. Baba steht, den Arm auf den Rechen gestützt, da und sieht Mama an, die gerade offenbar etwas Lustiges erzählt. Dalia und Elvis sitzen bei der Eiche. Küçük ist natürlich auch dabei. Aber sie ist nicht allein! Lauter flauschige Eichhörnchenkinder wuseln um Dalia und Elvis herum und lassen sich von ihnen streicheln. Oben in der Eiche thront ein Kobel. Groß und rund und schön. Und aus dem Kobel lugt etwas, was verdächtig nach Zazie aussieht, Madame al Nours ausgedientem Pelztierchen. Die schwarze Eddingschrift auf Hansis Grab ist verschwunden. Dafür steht da in goldenen Buchstaben, gut lesbar, für immer:

Für alle,
die sich auch manchmal
falsch fühlen